小林秀雄 美と出会う旅

白洲信哉［編］

とんぼの本

新潮社

目次

［上］1952〜53年のヨーロッパ旅行の際、旅先から家族に送られてきたスナップ。現地で現像・プリントしたもの。

［p1］直筆の原稿。「梅原龍三郎」（1947）、「ゴッホの手紙」（1948）、「真贋」（1951）。

ヨーロッパ美術館巡り

昭和27年（1952）の暮、小林は友人の今日出海とともに、翌年夏まで半年間の海外旅行に発った。訪問先はパリを基点に、エジプト、ギリシア、イタリア、スイス、スペイン、オランダ、イギリス、アメリカ。小林は自身で「絵を一番熱心に見て廻った」という程、その旅先では必ず美術館に立ち寄っている。その体験をもとに、翌年から「新潮」に「近代絵画」の連載が開始された。

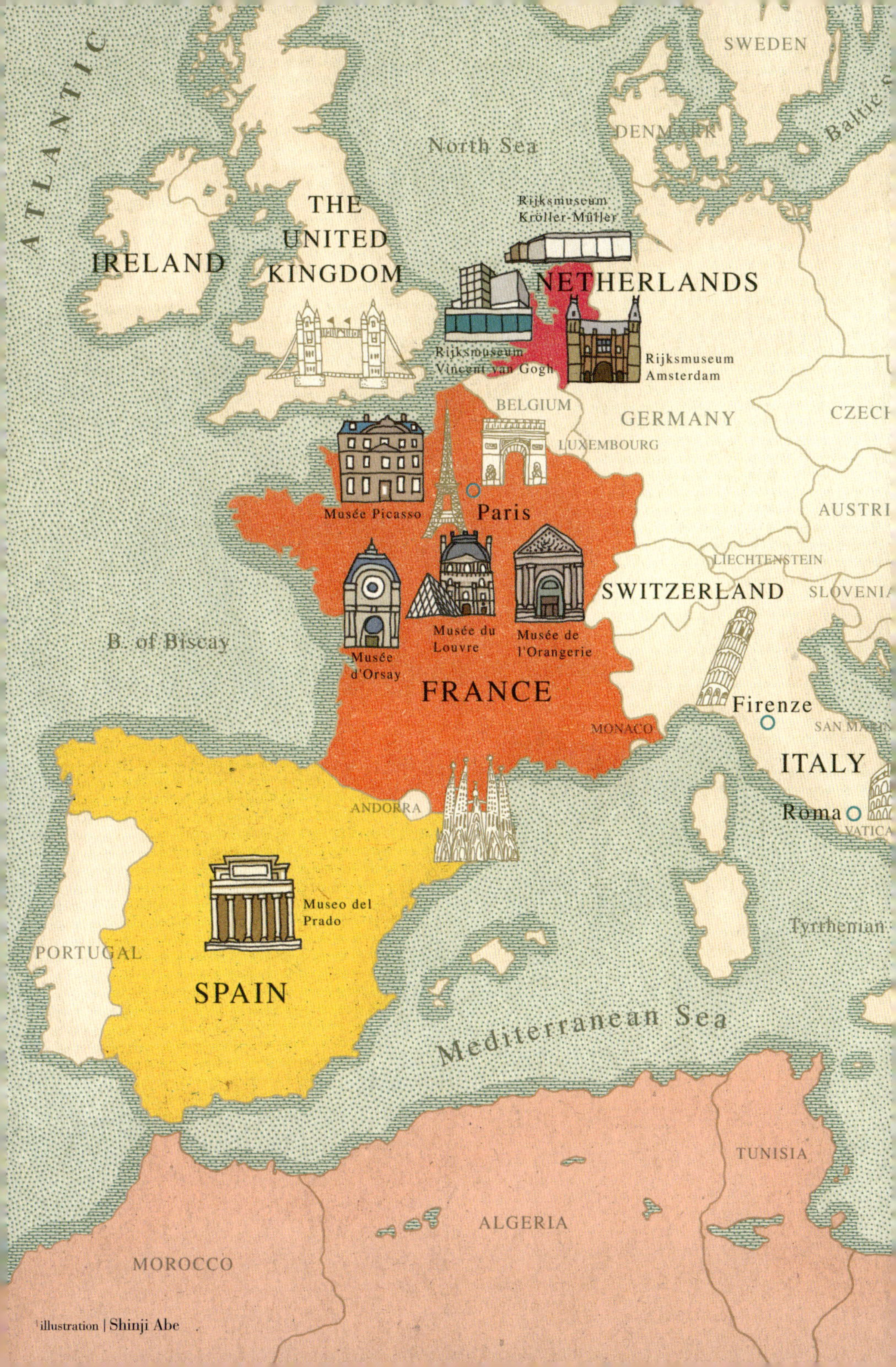

illustration | Shinji Abe

Netherlands

オランダ

国立クレラー・ミュラー美術館
ファン・ゴッホ国立美術館

フィンセント・ファン・ゴッホ

Vincent van Gogh
1853~1890

ゴッホとの出会い

この年（昭和二七年）、小林は五年間にわたって雑誌『文体』『芸術新潮』に連載していた「ゴッホの手紙」をちょうど書き終えたところだった。「ゴッホの手紙」は文字どおり、ゴッホが弟テオに宛てて書き残した膨大な書簡をベースにした評伝である。小林がこの本を書くきっかけになったのは、一枚の絵との出会いであったという。

彼を「愕然と」させたその作品《烏のいる麦畑》を初めて見たときの感動を記した一文から「ゴッホの手紙」は始まる。

……ただ一種異様な画面が突如として現れ、僕は、とうとうその前にしゃがみ込んで了った。

熟れ切った麦は、金か硫黄の線条の様に地面いっぱいに突き刺さり、それが傷口の様に稲妻形に裂けて、青磁色の草の縁に縁どられた小道の泥が、イングリッ

大著『ゴッホの手紙』を書くきっかけになった作品。
ゴッホ《烏のいる麦畑》 1890 50.5×103 油彩・カンヴァス ファン・ゴッホ国立美術館
Van Gogh Museum, Amsterdam

シュ・レッドというのか知らん、牛肉色に剝き出ている。空は紺青だが、嵐を孕《はら》んで、落ちたら最後助からぬ強風に高鳴る海原の様だ。全管絃楽が鳴るかと思えば、突然、休止符が来て、鳥の群れが音もなく舞っており、旧約聖書の登場人物めいた影が、今、麦の穂の向うに消えた——僕が一枚の絵を鑑賞していたという事は、余り確かではない。寧ろ、僕は、或る一つの巨きな眼に見据えられ、動けずにいた様に思われる。（ゴッホの手紙・以下、太字は「小林秀雄全集」等からの引用）

小林がこの絵を見たのは、戦後間もない昭和二二年三月、上野で開催されていた「泰西名画展覧会」でのこと。しかし、小林が感動したのは実物ではなく、「見事な複製」だった。小林はこの絵に強く惹かれ、複製画なら手に入れられるだろうかと、しばらくはそのことばかり考えて「上の空」だったという。そんな小林の様子を聞きつけた宇野千代が、どこかで同じ複製画を手に入れ、小林の元に届

けてくれた。（左頁）
　念願の画を手にした小林の心の中には、「もう一つの欲望」がとりついていた。

「あの巨きな眼は一体何なのか、何んとかして確かめてみたいものだ」。

《烏のいる麦畑》との出会い、「心に止まって消えようと」しない感動が、小林

このレプリカは長く小林の家に掛けられていた。
撮影：林忠彦
［左頁］すっかり色褪せた、ゴッホ《烏のいる麦畑》のレプリカ
清春白樺美術館　撮影：野中昭夫

に大著「ゴッホの手紙」を書かせたのであった。

　この作品に限らず、当時の小林は、ゴッホの作品を「複製を通じてしか知らなかった」という。手軽に海外の美術館に行ったり、日本国内で頻繁に開催される展覧会で世界の名作に出会う機会が多い現代とは、全く時代の状況が違う。小林は「ゴッホの手紙」であれだけ多数の作品について言及しているが、それもすべて、画集などでしか見ることができなかったのだ。

　実物を見たい——常にそんな切実な思いを抱きながらも、それでも小林の眼は複製の中にゴッホの本質を読み取り、「複製は、充分に、ゴッホという人間を語っている様に見えているではないか」と自分に言い聞かせて書き進めていた。

　小林がヨーロッパを歴訪した折、オランダではちょうど「ゴッホ百年祭」が開催されており、クレラー・ミュラーとアムステルダムの会場で、念願だったゴッホの実物を見る事ができた。

……印象は、実に強いもので、私は、嘗て複製で、彼の絵を見た時の感動を新たにしたが、嘗て見たものは不完全な画面であったが、それから創り上げた感動は、感動というものの性質上、どうしようもなく完全なものであったと思った。私は、どの絵も、熟読した彼の書簡を思わずに、眺める事は出来なかった。どの絵を裏返してみても、手紙の文句が記されている様な気がした。（近代絵画・ゴッホ）

実物はすばらしかったが、「複製は、充分に、ゴッホという人間を語っていた」こともまた事実であったと、小林は再確認している。

　だが、彼をゴッホの虜にした《烏のいる麦畑》についてだけは、ちょっと違った見え方だったようだ。

……絵の衝撃については、心の準備は出来ている積りでいたが、やはりうまくいかなかったのである。色は昨日描き上げた様に生ま生ましかった。私の持っている複製は、非常によく出来たものだが、この色の生ま生ましさは写し得ておらず、奇怪な事だが、その為に、絵としては複製の方がよいと、私は見てすぐ感じたのである。それほど、この色の生ま生ましさは、堪え難いものであった。（近代絵画・ゴッホ）

　初めて複製に出会った時の熱い気持ちを抱いたまま「ゴッホの手紙」を書き進め、その中で、「人間ゴッホ」と真正面から向い合った時間を経た小林の眼に、《烏のいる麦畑》の実物は、その複製とはまったく違った画として映ったのである。

「これは、もう絵ではない。彼は表現しているというより寧ろ破壊している」

「彼は、未だ崩壊しない半分の理性をふるって自殺した。だが、この絵が、既に

ゴッホがサン・レミイの精神病院で窓越しに描いた作品。
ゴッホ《壁のある野》 1890 油彩・カンヴァス
72×92 国立クレラー・ミュラー美術館
Collection Kröller-Müller Museum, Otterlo

自殺行為そのものではあるまいか」（近代絵画・ゴッホ）。そんな激しい言葉で語られた一枚の画――小林とゴッホをつないだこの一枚の複製画は、その後も長く小林の家の茶の間に掛けられていた。

同じ時、ここで見た何枚かのゴッホの作品の中で、「見て忘れ難い思いをした絵の一つ」として、小林は《壁のある野》を挙げている。

絵の右上の隅から斜に塀が描かれて麦畠を区切っているが、これは単に面白い構図なのではない。ゴッホの生活は、この塀で、区切られて、彼は、世間には出られなかったのである。（私の空想美術館）

この絵は、「一八八九年の晩秋に、サン・レミイの精神病院の病室の窓越しに描かれたもの」であり、当時のゴッホは自分の精神の均衡が崩れている事をはっきりと自覚していたという。

当時の彼の手紙は、狂気の合い間に正気の絵を描かねばならなくなった異様な人間の記録として鬼気迫るものがあるのだが、絵もまたそういうものになる。……静寂と平和とを言うが、これは、彼が熱烈に求めたものであり、たとえこれを得たとしても、何処から来るのか彼にはわからぬ狂気が、やがてこれを崩壊さすであろう。そういう苦しい心に彼は触れたくないだけである。その触れたくないものも、絵には、疑い様がなく現れている。（私の空想美術館）

小林がゴッホの絵を見るとき、その絵に被せるように、いつも書簡集を思い浮かべていた。その絵が描かれたときのゴッホの精神状態が、まるでリアルタイムにゴッホからの書簡を受け取っているかのように、彼には手に取るように読み取れたのだろう。そんな小林の眼に、この絵は「この世の見納めと言った眼で見られた風景」であると映ったのだった。

Museum Information

伝統的な建築が建ち並ぶ一角にあってひときわ目を引く近代建築――ゴッホ美術館はリートフェルトと黒川紀章が設計した。フィンセントの弟・テオの死後、その息子が所有していた作品と書簡の約1400点が国に永久貸与され、一九七三年に開館した。展示は時代順で、収蔵された代表作には、オランダ時代の《馬鈴薯を喰う人々》、印象派に触れたパリ時代の《クリシー通り》、浮世絵から着想された《花咲く桃の木》、オーヴェール時代の《鳥のいる麦畑》など。研究室では書簡の閲覧も可能。

ファン・ゴッホ国立美術館
Rijksmuseum Vincent van Gogh
http://www.vangoghmuseum.nl/bis/top-1-2.html
✤住所……Paulus Potterstraat 7
1070 AJ AMSTERDAM
NETHERLANDS
✤開館時間……10:00～18:00
✤休館……月曜
✤アクセス……［市電］Central駅から2、5、20番線に乗車、Museumplain下車

［写真提供］世界文化フォト

広大な森林公園の中に位置するクレラー・ミュラー美術館は、油彩89点、素描184点というゴッホ作品の収蔵を誇る。実業家夫人のH・クレラー・ミュラーの収集品と所有地が国に寄贈され、一般公開されたものだ。野外ではジャコメッティ、ブールデルなど現代彫刻を展示する。屋内には、《ひまわり》《夜のカフェ》などゴッホの作品を中心とした部屋があるほか、ピカソ、モンドリアン、セザンヌら巨匠の作も多く収蔵される。

［写真提供］世界文化フォト

国立クレラー・ミュラー美術館
Rijksmuseum Kröller-Müller
http://www.kmm.nl/general.htm
✤住所……Houtkampweg 6
6730 AA OTTERLO
NETHERLANDS
✤開館時間……10:00～17:00
✤休館……月曜、元旦
✤アクセス……Apeldoorn駅とEde/Wageningen駅から通年営業の直通バスあり

「これこそ本当の百姓絵だ」とゴッホは語る。
ゴッホ《馬鈴薯を喰う人々》 1885
油彩・カンヴァス 82×114
ファン・ゴッホ国立美術館
Van Gogh Museum, Amsterdam

「ゴッホの手紙」より

煤けた天井から吊りランプが下っている。
汚い亜麻布を掛けたテーブルを囲み、
一家五人が馬鈴薯を食べている。
みんな野良着のまま、男も女も
泥に汚れた冠りものさえとっていない。
腹を空かした子供と若夫婦が真先に
皿に手を出す。婆さんは茶をつぎ乍ら、
おきまりの不平をこぼす。
息子が聞き咎めて、恐い顔をして何か言う。
神さんは亭主を睨む。
爺さんが、ぐずぐず言わずに食べろと、
婆さんに馬鈴薯を差し出す。
子供は向うを向いて黙って食べている。
美しいものも和やかなものもない。
毎日繰返される辛い退屈な生活である。
労働という絶対的な必要事である。
「土は荊棘と薊とを汝の為に生ずべし。
また汝は野の草蔬を食うべし。
汝の面に汗して食物を食うべし」とゴッホは、
この絵の下に書いてもよかったろう。

ゴッホが求めてついに得られなかった休息と眠り。
ゴッホ《アルルのゴッホの寝室》1889 油彩・カンヴァス 57.5×74 オルセー美術館
Musée d'Orsay ［写真提供］W.P.S.

画面から直接に来るものは、何かを
暗示するという様な曖昧な力ではない。
それは疑い様のない椅子という
実在の力なのであって、ゴッホは今こそ
椅子は椅子でなければならぬと
言えた筈だ。（中略）
私は美しい静物画など眺めるわけには
いかない。ゴッホが私を見るからだ。
無から現れ出た様な白木の寝室と
白木の椅子、空間を任意に
切りとった様な無飾の部屋、ここには
人はいない、が、やがて還って来るのは
ゴッホである事を感じるからだ。
彼は椅子に腰を下ろし、
パイプを銜えて、夢想するであろう。

オランダ……アムステルダム国立美術館

レンブラント・ファン・レイン

Rembrandt Harmensz.van Rijn
1606~1669

レンブラントが拓いた近代

オランダで、ゴッホとともに小林を魅了したのはレンブラントだった。「近代絵画」は「ボードレール」の章から始まるが、そこに最初に登場する作品が、レンブラントの〝夜警〟である。

この絵はアムステルダムの射撃隊の組合員から「肖像画」の注文を受けて描かれたものだという。しかし、絵そのものは肖像画とはずいぶん趣を異にする。レンブラントはこの中で、かろうじて二人の士官だけは肖像画らしく仕上げながらも、あとの人たちを暗い背景に押し込んでしまった。あくまで「肖像画」を求めていた組合員たちは、仕上がった絵を見て、激怒したという。「肖像画家」として名声を博していたレンブラントは、この〝事件〟以来、すっかり評判を落としてしまうことになる。

しかし、そんなレンブラントの作画の姿勢に、小林は「近代」を見た。

背景の暗さが、画面の美的調和の為に、必須の条件なら、人間共の表情などはその為に犠牲になってもらわねばならぬ。この画家の本能が、次第に強くなり、且つ意識的になって来るにつれて近代絵画というものが現れる様になる。レンブラントの絵は、近代絵画とは言えないが、彼の試みた冒険は近代的な性質のものである。（近代絵画・ボードレール）

レンブラントは一七世紀の画家である。いうまでもなく、「近代の画家」ではなかった。しかし、小林は、やがて印象派やその後の革新的な美術革命に至る萌芽を、彼の絵の中に感じ取ったようだ。では小林が言う「近代絵画」とは何か。

近代絵画の運動とは、根本のところから言えば、画家が、扱う主題の権威或は、強制から逃れて、いかにして絵画の自主性或は独立性を創り出そうかという烈しい工夫の歴史を言うのである。（近代絵画・ボードレール）

肖像画はモデルに似ていないと意味がない。本物をいかに本物らしく表現するのかが、それまで「絵画」というものに課せられた使命であったわけだが、レンブラントは敢えて「似せずに」肖像画を描いた。それはとりもなおさず、与えられた対象や主題との関係から、絵を解き放とうとするレンブラントの試みでもあった。

小林はそこに「近代」を見たのだった。

肖像画家レンブラントの名を貶めた〝似ていない肖像画〟。
レンブラント《夜警》 1642 油彩・カンヴァス 359×438 アムステルダム国立美術館
Rijksmuseum Amsterdam

Museum Information

十七世紀オランダ絵画の収蔵で知られる美術館。ナポレオンの弟・ルイが国王となって以来、精力的に集められた国内美術の枠は、絵画だけでも現在約4000点という規模。ステンドグラスの美しい二階には、多数のレンブラント作品が展示されている。《ユダヤの花嫁》《聖パウロ風の自画像》などの名作を所蔵。中でも、傑作の誉れ高い集団肖像画《夜警》は圧巻。ほか、主な展示作には、フェルメールによる風俗画《牛乳を注ぐ女》や《手紙を読む青衣の女》、工芸部門では染付の美しいデルフト陶器や、伝統の銀器がある。外国のものでは、マイセンの収集も有名である。

アムステルダム国立美術館
Rijksmuseum Amsterdam
http://www.rijksmuseum.nl/
✤住所……Stadhouderskade 42
1071 ZD AMSTERDAM
NETHERLANDS
✤開館時間……10:00～17:00
✤休館……元旦
✤アクセス……［市電］Hobbemastraat駅、Concertgebouw駅、Spiegelgracht駅下車
［バス］Marnixstraatターミナルから26、65、66、170号に乗車

［写真提供］
世界文化フォト

オランジュリー美術館の「睡蓮の間」。
この睡蓮の池に囲まれて、小林はモネの声を聞いた。
撮影：松藤庄平

Claude Monet

クロード・モネ

1840~1926

モネの光

レンブラントに絵画の革命の兆しを読み取った小林は、その流れを引き継ぐものとして、ドラクロアやアングル、クールベ、そしてマネへと語り進め、「近代絵画」の第二章で、印象派、モネへとたどりつく。

「モネ」の章では、冒頭から印象派にとっての光、その光を見詰めるモネの眼に

ついて、光学的な分析がなされている。
曰く「色とは、壊れた光である」。

モネは、風景の到る処に色が輝くのを見た。影さえ様々な色で顫《ふる》えているのを見た。これらの輝やく色は、互に相映じて、部分色《トン・ロカル》を否定し、物の輪郭を消し、絶え間なく調子を変じて移ろい行く、そういう印象こそ、眼に見える風景の最も直かな真実な姿であると見た。（近代絵画・モネ）

描く対象も、従来のような肖像画でもなく、歴史上の物語でもない。そこに光さえあれば、テーマは聖堂の壁でも、畑の中の藁束でもかまわない。それどころか、輪郭線を捨て去り、絵画から物の形を消し去ってしまった。これは、それまでの絵画というものの常識を根本からくつがえす、いや、当時としては、絵画とさえ見られなかったかもしれないほどの大革命であった。

革命家・モネは、いかに光と格闘した

輪郭も固有の色も消え去って、そこには光だけが描かれた。
モネ《ルーアン大聖堂の正面玄関、曇》1894 油彩・カンヴァス 101×73.5 ルーアン美術館
Musée des Beaux-Arts, Rouen ［写真提供］W.P.S.

のか――「モネ」の章は、ほとんどが画家の眼がとらえた光の分析に費やされている。

小林はモネの「眼」を評価している。その類まれな眼がとらえた光の理論も、きちんと理解し、賞賛もしている。しかし、それを語る言葉はどこか冷徹で、画家への愛情が感じられないのは気のせいか。

だが同時に、そんな理論とは別の次元で、モネの絵は、小林を光で包み込んだ。パリのオランジュリー美術館の静かな展示室で、小林は椅子に座って四方を囲む《睡蓮》をぼんやりと眺める。

楕円形に作られた二つの大広間の四方の壁に描かれた池は、真夏の太陽にきらめき、千変万化する驚くべき色光を発している。まん中に立って、ぐるりと

モネ《ルーアン大聖堂 朝の印象、白いハーモニー》 1894 油彩・カンヴァス 106×73 オルセー美術館 Musée d'Orsay, Paris ［写真提供］W.P.S.

見廻すと、光の音楽で、身体がゆらめく様な感じがする。これは自然の池ではない。誰もこんな池を見た事もないし、これからも見る人はあるまい。私はモネの眼の中にいる、心の中にいる、そして彼の告白を聞く。私はよくオランヂュリーには行ったが、いつもそういう強い感じを受けた。（近代絵画・モネ）

小林はこの静かな光に満ちた空間で「親しい友達にも笑われながら、一人で池ばかり眺めている」モネを思い浮かべる。「彼は第一次世界大戦も知らずにいたかも知れない……」

そこで小林は問う。

「彼は成功したのか、それとも異常な視覚の犠牲者なのか」。

モネの「眼」を評価しつつも、画家として必ずしも手離しに賞賛しなかった小林の問いかけに対し、睡蓮の壁は、ただ黙って揺れている。

「ただ疑い様のない美があって答えるものはなかった」。

モネの《睡蓮》は、ヨーロッパで見た画のうちで、最も動かされた絵の一つだったが、この美しさには、人を安心させる様なものは少しもなかった。……モネの印象は、烈しく、粗ら粗らしく、何か性急な劇的なものさえ感じられる。それは自然の印象というより、自然から光を掠奪して逃げる人の様だ。可憐な睡蓮が、この狂気の男に別れを告げている。これはまことに不思議な感じで、あたかも、印象主義という逆説によっていったん死んで又生きたモネという劇を、眼のあたり見る様な想いが、私にはした。（近代絵画・モネ）

明るい光の粒子に満たされた画面に、その光と格闘する男の「烈しさ」を見、心を癒すやわらかな色彩に、「性急さ」を感じる——私たちがモネの絵から受ける印象とは対極にあるものを、小林は理論ではなく実感として感得したのだろう。

画家は、オレンジで考える、青で考える、その考えたところが、確かに蜜柑や海を現しているか、いないかという事は、これは別の事である、別の考えである、文学的な、或は抽象的な秩序に属する考えである。そういう強い意識が画家に生れた。光の壊れ方に気附いた時、画家は、物との相似性の観念をもう壊していた。この意識こそ、印象派の洗礼を受けた新しい画家達が、アカデミックな画壇や、これに慣れた絵画愛好者に鋭く衝突したものである。（近代絵画・モネ）

こんな言葉で「モネ」の章は結ばれている。レンブラントの描いた「似ていない肖像画」をはるかにしのぐスケールで、モネは絵画を「扱う主題の権威或いは、強制」から解き放ったのであった。

Museum Information

コンコルド広場を通り抜けてチュイルリー庭園の一隅を目指すと、温室（オランジュリー）を改築した美術館が出迎えてくれる。終生のモチーフを「外光」としたモネの指導によって、陽光を一杯に浴びる建築となっている。二つの楕円を組み合わせた設計の「睡蓮の間」は、彼の最晩年の大きな連作が部屋の壁を覆っており、見事。もう一つの中心となるのが、一九八四年から常設となった大画商ポール・ギョームの個人コレクションだ。彼は伝説化される程の商才を持ちつつ、愛情を注いだマティス、スーチン、モディリアニなどの傑作群を生涯手元におくコレクターでもあった。エコール・ド・パリの結実を一望する収蔵品が堪能できる。

オランジュリー美術館

Musée de l'Orangerie
http://www.paris-tourism.com/museums/orangerie/index.html

- ✤住所……Jardin des Tuileries Place de la Concorde PARIS 1e FRANCE
- ✤開館時間……9:45～17:15
- ✤休館……火曜
- ✤アクセス……［地下鉄］1、8、12番線に乗車、Concorde駅から徒歩5分

セザンヌの画面に流れる音楽

ポール・セザンヌ
Paul Cézanne
1839~1906

「近代絵画」の「セザンヌ」の章は、ちょっと難解だ。モネとセザンヌの絵画を比較しながら論じられていくのだが、「トーン」「モチフ」「面（プラン）」といった、抽象的で定義しづらい言葉がキーワードになっており、その言葉の意味を直感的に絵と結びつけられないと、読み進むのがつらくなってしまう。

しかし、そういった言葉のニュアンスをうまくとりこめると、小林の感覚がセザンヌの絵ととても波長が合っていた様子が読み取れる。

たとえば、印象派が「光の粒子」で絵を描いたのに対し、セザンヌは「面」で描いた、ということを、繰り返し、小林は述べる。

セザンヌの成熟期の絵を見れば、直ぐ眼につく様に、彼は独特のタッチを使って描いている。あの画面に平行した、平たい、段階をなして並列している小さな面《プラン》である。これは、彼が作画上取り上げた根本の最小の単位であるが、これは彼が色彩の世界を分解して、その構成要素を見附け出したというより、音楽家が自然の音の中から聴覚に自ら応和する楽音に出会い、これを取り上げるという性質のものである様に思われる。（近代絵画・セザンヌ）

モネを語る冷徹さとは少しニュアンスが違って、もっと親密な関係が、セザンヌの画面と小林との間に生まれていないだろうか。

ほとんど全編、理論の解説が続く中で、珍しく生な感想を述べている絵が一点あった。ルーヴルで見た《カルタをする二人の男》（現在はオルセー美術館蔵）である。

「カルタをする二人の男」をセザンヌは何枚も描いているが、そのうちの傑作と覚しいものがルーヴルにあって、私はそれを見た時に実に美しいと思った。……「カルタをする二人の男」は、向い合って、カルタを持った両手を、静かに机の上に置いているが、それは大オルガンの

セザンヌの「面（プラン）」で構成された画面からは音楽が聞こえてくる。
セザンヌ《カルタをする二人の男》 1890-92 油彩・カンヴァス 47.5×57
オルセー美術館 Musée d'Orsay, Paris ［写真提供］W.P.S.

鍵盤の上に乗っているといってもいい。フランクの慎重な微妙なクロマティスムが、青、紅殻《べんがら》、紫、黄、などの和音のうちを静かに進行する。二人は、カルタをしているが、実は、それに聞き入っている様である。彼等は農夫らしいが、明日になれば、畠に出るとも思えず、じっとして、勝負は永遠につづく様である。彼等は画中の人物となって、はじめてめいめいの本性に立ち返った様な様子であるが、二人はその事を知らず、二人の顔の姿態も、言葉になる様なものを何一つ現してはいない。ただ沈黙があり、対象を知らぬ信仰の様なものがあり、どんな宗派にも属さぬ宗教画の感がある。(近代絵画・セザンヌ)

小林はセザンヌの絵画と音楽に、密接な関係性を感じ取った。モネの絵も音楽的だと言いつつも、そこに「シンフォニイや室内楽を想う事」はできなかったが、「セザンヌの……初期の静物は、意識的に構成された室内楽の様に鳴っている」と解説する。セザンヌが好んで使った「面(プラン)」という言葉を、音楽を構成する音階になぞらえて、彼の絵画を構築する強い構成力を説明したのは、小林ならではの視点である。

セザンヌは、光の波とともに浮動する印象主義の風景を何んとかして安定させようとした。彼の眼は、自然の拡りより、自然の奥行に向けられ、瞬間の印象より、持続する実態を捕えようとした。そうして出来上ったセザンヌの絵の独特の魅力は、建築的という言葉で、普通言われているが、それは、やはり音楽的だと言っても差支えないと思う。セザンヌは大変音楽を愛した人だ。(近代絵画・セザンヌ)

小林もまた、大変音楽を愛した人である。セザンヌの「面」は、小林の眼を震わせ、彼の心と共振して、同じ音楽を奏でたのだろう。

France

フランス……ルーヴル美術館

ピエール・オーギュスト・ルノアール

Pierre-Auguste Renoir

1841~1919

ルノアールの幸福

モネやセザンヌで徹底的にその「絵画理論」を検証した小林だったが、ルノアールについては、論調が、がらりと変る。

ルノアールには、モネの様に、主張すべき主義も、固執する理論もなかった。彼は感ずるままに、思うままに楽しんで描いた。

……幸福や健康には、これについて、兎や角言う手がかりが見つからぬ様に、ルノアールの絵を論ずる事は難かしい。（近代絵画・ルノアール）

ルノアールも印象派と同じ時代を生きた画家である。代表作の一つ《桟敷》は、モネの《印象——日の出》と並んで「無名画家展覧会」に出品されている。しかし、「アンプレッショニスムの果てまで歩いた」と自ら語るルノアールが、最終的にたどりついた到達点は、印象派の目指したのとは、まったく違う方向だった。小林流に言えば、「ルノアールの言うアンプレッショニスムとは、プリズムなどに関係ない。日向ぼっこをして、物をよく見る事なのだ」ということになる。

ルノアールの転機となった作品は《浴女》だといわれている。以後、ルノアールの作品論といえば、こうした裸婦画を中心に語られがちなのだが、小林は人物画ではなく、彼の数少ない風景画に注目している。

ルーヴルのルノアールの室に、彼がアルヂェリア旅行中に描いた（一八八一年）非常に美しい風景画がある。……画面は光り輝いているが、この画家は光を追ってはいない。太陽という光源は見定めにくいのである。セザンヌの様な、自然は、その全構造と全質量とをもって光に抗して立つ、という風な趣とも違って、灌木や龍舌蘭を乗せたアルヂェリアの地殻は、いかにも甘そうに光を食べて温まっている。光を食べて、これを色さまざまの血や肉と化している様だ。（近代絵画・ルノアール）

同じような風景画《草の中を登って行く道》についても、印象派とは一線を画した画家としてとらえている。

……陽は、雑草にも小道にも同じ様にあたるのではない。よく見ると雑草の間

数少ないルノアールの風景画のひとつ。
ルノアール《アルジェリア風景》 1881 油彩・カンヴァス 65×81 オルセー美術館
Musée d'Orsay, Paris ［写真提供］Orion Press

に花が咲き、花を摘もうと小道を下る女や子供がいるが、花は人間の様だし、人間は花の様だ。これらの生き物が分ち合う命が同じなのである。春の光線ではない。春の或る日だ。恐らく或る日曜日のパリの郊外である。誰の眼にも見過された野原の一隅が、ルノアールの眼に出会って、親しげな表情で笑いかける。セザンヌは制作上の或る名附け難い中心観念をsensation（感覚）と呼んだが、若しルノアールが、同じ様なものを捜したら、恐らくsentiment（感情）という言葉を使ったであろう。（近代絵画・ルノアール

※二点とも、現在はオルセー美術館蔵）

「彼のように楽しい人生ばかりを描いた芸術家はいない」「恐らく彼は、絵について面倒なことを考えるのを好まず、ただ絵を描くことが楽しく、絵を描き出した」そんな一見楽天的とも読み取れるルノアール像を描きながらも、「絵は愛すべき、見て楽しい、きれいなものでなければならぬ。だが、きれいで偉大なる作

「触れてみたい」ような風景画。
ルノアール《草の中を登って行く道》 1875頃 油彩・カンヴァス 60×74
オルセー美術館 Musée d'Orsay, Paris ［写真提供］Orion Press

を描くのは、むつかしい事だ」という言葉に、小林は深く共感する。

……ルノアールの何気ない言葉の意味するところは意外に深いのであって、人間生活に於ける異常なものや、劇的なものを好む、そういう情況で人間は、文学者達が考えるほど、人間の本質を現すものではない。美しいものは、当り前である。健康が当り前である様なものだ。彼の美学は、この一と筋につながる。（**近代絵画・ルノアール**）

モネの絵は、その類まれな眼がよりどころになっている。セザンヌは、彼にしか築けなかった構成の理論を極めることで、絵を描いた。しかし、ルノアールの絵の根幹にあるのは、「描く喜び」であり、「生きる幸せ」であったわけだ。そんな、誰にでも理解できる当り前のことを、ルノアールは彼にしか描けない絵として表したことに、小林は強い衝撃を受けたのだった。

ドガの孤独

エドガー・ドガ
Edgar Degas
1834~1917

ルーヴルに行く毎に、私は、ドガの晩年のパステルの傑作の前を立ち去り難かった。デッサンから奇蹟的な様式が生れているその美しさの為ばかりではなかった。この絵の中にドガの絶望の凡てが隠れているという不思議な想念の為でもあった。（近代絵画・ドガ）

「近代絵画」のドガの章の、結びの一文である。ドガのデッサンに魅せられながら、小林はこの美しい絵のどこに「絶望の果て」を見たのだろう。

ドガのことを、ルノアールとは対照的な、まったく正反対の気質の画家だとして、小林は二人を比較する。ルノアールが「絵は人に見てもらう為に描くものだ」と言ったのに対し、ドガは、まるで求道僧のように「世間と絶縁して、三十年間、描いても描いても気に入らぬ絵の堆積の中に、ただ一人埋れて暮して」いた。

絵の仕事は、或る不思議な数学、計算術であり、批判の力によって休む事を禁止された、意識的努力の経験であった。問題のおのずからなる解決とか、幸運による成功ほど、彼の嫌ったものはなかったろう。嫌ったばかりではなかった。恐らく、不安や疑惑は、彼の仕事には絶対に必要なものだったのであり、彼は、問題を解決しない為に、障碍《しょうがい》を設けたり、矛盾を誘い込んだりしたのである。（近代絵画・ドガ）

この気難しそうな画家は、印象派の画家と交わりつつも「アンプレッショニスムが物の形を軽んずる」ことに我慢できず、「白と黒とさえあれば、傑作を作るのに充分である」と言って、あくまでデッサンにこだわった。モネら印象派の画家たちが、デッサンをおろそかにしたというわけではない。だが、彼らは「物の形」や「固有の色」を否定することで、自らの絵画理論を打ち立てたわけで、あくまでデッサン、すなわち「物の形」を捕らえることに固執したドガは、自ずと違う道を歩むことになった。

アングルを尊敬していたドガは、印象派と袂を分かって、古典的な歴史画や肖像画に没頭するようになる。しかし、単に懐古主義に陥っていたわけではない。古いものを否定して反抗するのではなく、徹底的な古典の理解の上に立って新しい道を探る道を歩んだのである。

だがそれは、孤独で厳しい闘いだった。「自己が徹底的に批判されていなければ、個性とは一種の弱点に過ぎない」と自ら

ドガ《腰かける裸婦》 1902 デッサン・紙 99×45 個人蔵

に言い聞かせながら、ドガは「個性」を見極めようとする。

そういう時だ、ドガが馬と踊子という題材に出会ったのは。アングルの静力学的世界で、緊張していたドガの色と線との力の関係が破れた。線は動き出した。（近代絵画・ドガ）

「デッサンは物の形ではない。物の形の見方である」というドガの言葉を、小林は「デッサンは写真ではない」と置き換える。つまりカメラがとらえるのは「運動する物の断面」であり、物の動きを形に寸断するが、デッサンとは「物の動きを眼が追い、その眼の動きを鉛筆を握った手が追う」ことなのだと位置づけた。

ドガは舞台裏で練習したり休息する踊子のデッサンを多数描いているが、これは彼女たちの舞台の演技を描くための準備ではなかった。ドガが描きたかったのは、「踊子の絹の衣の下の肉体」だったのではないか、と小林は言う。

デッサンの魔が、彼に囁くのである。バレーという様な見世物が画家に何んの関係があるか。それより、そんな見世物の為に訓練され、奇妙に発達した女の肉体の方が真実な見物ではないのか。デッサンの対象としては、それだけで充分に深刻ではないか、と。（近代絵画・ドガ）

ドガは競馬場や盛り場など、パリの風俗を活写する画家として登場したが、小林は「彼は、風俗に興味を持ったわけでもないし、風俗が表現したかったわけでもなかった」と見る。では、何を表現したかったのか。「風俗というものを口実として現れる人間の動きや姿態の魅力」

ドガ《浴槽》1886　パステル・厚紙　オルセー美術館 Musée d'Orsay, Paris　Photo by SCALA
［写真提供］Orion Press

だと読み取った。

　画家同士のみならず、社会との接触を極端に避け、デッサンと向かい合い、自虐的ともいえる独特な絵画の観念の中に閉じこもってしまったドガ。しかし彼は、その閉ざされた世界の中で、彼にしか見えない物を見、彼にしか描けない絵画を描き続けた。

　一八八六年、アンプレッショニストの最後の展覧会に出品されたドガのパステルの作品《入浴したり、身体を洗ったり、乾かしたり、拭いたり、髪をとかしたり、とかさせたりしている裸女の連作》を見て、小林は驚きを隠さない。

> パステルに、この様な魅惑を創り出せるとは誰も考えてはいなかった。それより、女の裸が、この様に描かれた事はかつて無かった。女達は皮膚さえ剝がされていた。女達は、滑らかな皮膚の下で、神経を慄わして、真っ裸になっていた。女達は、誰の為にも、ポーズしていなかった。見る者は、女達の私室を覗くドガという画家を見た。彼の女達に対する侮蔑と嫌悪とを読んだ。それほどドガは既に孤独な女体研究者となっていたのである。彼の精神は、もはやデッサンとだけしか応答していなかった。（近代絵画・ドガ）

　この作品の出品を最後に、以後、ドガは自らの研究を自身で公表することは一度もなかった。

ゴーガンの郷愁

「近代絵画」のゴーガンの章は、美術批評というよりも、まるで伝記のように、ゴッホとゴーガンの人間絵巻を、それもどちらかというとゴッホ主体に追って行く。

ゴーガンはパリではまったく評価されていなかった。小林は、その証として、評論家が酷評した文と共に、「ゴーガンという男は、画家だった例がない」というセザンヌの言葉も並べて引いている。では、小林自身、ゴーガンの絵をどう分析していたのか。

ポール・ゴーガン
Paul Gauguin 1848~1903

ゴーガンにとって、色彩とは感覚であるよりも寧ろ意味であった。セザンヌが純粋と信じている感覚も一つの意味に過ぎない、文明人の言葉に過ぎない。成る程ゆるぎない程に見える古い感覚かも知れないが、それはせいぜいギリシアまでとどいているに過ぎない。エヂプトはどうするか。ペルシア人は、カンボジア人は。……彼は、風景画家というより、寧ろ兇暴な造園家たらんとしたのである。

（近代絵画・ゴーガン）

ヨーロッパ近代文明とはちがう、もうひとつの歴史の流れの中に、ゴーガンは身を置いたのである。だからここまで述べてきた「近代絵画」の歴史の流れにのせて、ゴーガンを語ることは無意味だとでもいうように、小林の論調は、他の画家を語るときと、まるで趣が違っている。

ゴーガンは重い十字架を背負って生きた画家だった。安定した生活を捨てて画家を志したことで、最愛の家族に見捨てられ、おまけに彼の絵は全く評価されなかった。フランス北西部、ブルターニュのポンタ・ヴェンで貧困にあえぎながら描き続けていたゴーガンを、ゴッホはアルルに呼んで共同生活を始めたが、それもわずか数ヶ月で例の「耳きり事件」を起こして破綻。ゴーガンは再びブルターニュに逼塞する。ゴーガンの代表作《黄色いキリスト》が描かれたのは、ちょうどその頃だった。この絵についてゴーガン自身がこんな風に言っている。

「これは抽象化された哀しみの絵だ。そして悲しみとは私の絃である」。

ヨーロッパ近代文明を憎悪したゴーガンは、この後タヒチへ向かう。しかし、画家・ゴーガンの原風景、「哀しみの原点」は、ブルターニュにあった。

死の間際まで描き直していたと思われるブルターニュの風景。
ゴーガン《雪のブルターニュ村》 1894 油彩・カンヴァス 62×87 オルセー美術館
Musée d'Orsay, Paris ［写真提供］W.P.S.

ゴーガンがゴーガンになったのは、ブルターニュに於いてである。彼は、友のシュフネッケルに書く。「私の木靴が、ここの花崗岩《かこうがん》の地面にあたると、私は、絵の中に求めているあの重い、だるい、力強い音を聞く」と。鳴ったのは木靴ではなく、彼の悲しみの絃であった。彼はその音を絵の中に求めたというより寧ろ、彼はタヒチに逃げてもその音から逃れられなかったのである。悲しみは、彼の絵よりも大きく、彼は、いよいよ強く、同じ絃を弾かねばならなかった様である。（近代絵画・ゴーガン）

ゴーガンは結局、タヒチでもこの悲しみから逃げ切れず、自殺する。ゴーガンの死後、遺品の競売があった。ゴーガンが死んだ時、画架に乗っていたというブルターニュの雪景色らしい絵があったのだが、競売吏は絵を逆さまに見て「ナイヤガラ瀑布之図」と喚き、七フランで競り落とされた。

この絵は、今、ルーヴルにある。専門家は、一八九四年の十一月或は十二月、ポンタ・ヴェンかプル・デュで描かれた作と推定している。ゴーガンは、再び見る事の出来ないブルターニュの村を、ひそかに荷物の中に仕舞い込んでタヒチに出かけたのである。そして彼が、太陽の国で、最後に画架に向って加筆修正したのは、この雪景色であった。（近代絵画・ゴーガン　※この作品は現在、オルセー美術館蔵）

フランス……………ルーヴル美術館

ウジェーヌ・ドラクロア

Eugène Delacroix
1798〜1863

描かれたテーマより、純粋な色彩の魅力が見るものを魅了する。
ドラクロア《キオス島の虐殺》1824 油彩・カンヴァス 419×354 ルーヴル美術館
Musée du Louvre, Paris ［写真提供］W.P.S.

印象派までの道のり

フランスでたくさんの美術館を巡った小林が、ルーヴルで特に印象深い画家として書きとめている三人を紹介しよう。

まず、ドラクロア。《シオ（キオス島）の虐殺》を、ボードレールのドラクロア論を引きながら、読み解く。この絵は歴史画として眺めると、それ以上のものは見えてこないが、何が描いてあるのか見えないくらい遠くから眺めると、ドラクロアの「色彩の魔術」が見えるはずだ。この「純粋な色彩の魅力」は、絵の主題とは関係なく、見る者を魅了する。色彩のひとつひとつを組み合わせて、大きな調和を作り出す画家の仕事は、音楽家や数学者に似ていないだろうか……。

こうしたボードレールの説に、小林は共感し、印象派前夜の「画家の思想」を読み取っている。

コローの描く自然は、顔を持ち、性格を持っている。
コロー《ニンフの踊り》1851 油彩・カンヴァス 98×131 オルセー美術館
Musée d'Orsay, Paris ［写真提供］W.P.S.

Camille Corot

カミーユ・コロー

1796~1875

……画面に跳り上る色彩の波は、精緻に複雑に編成された大管絃楽の様に鳴っている。この音楽がどうなるかと思って聞いていると、脇腹を抉られた瀕死のギリシア人の空洞の様な眼差から、笛の音の様に何処かに消えて行く。私にはそんな感じがした。（近代絵画・ボードレール）

画面構成についての分析は、セザンヌの絵を語る口調に通じるようなニュアンスがある。

次は、コロー《ニンフの踊り》（現在はオルセー美術館蔵）。印象派の先駆者的な位置づけをされるコローだが、小林は、コローの絵は印象派とは明らかに違うという。

コローは、光や空気にも敏感な非常に鋭い自然の観察家だったので、その点で、印象派の先駆者とさえ言われているが、印象派とは、自然に対する態度が根本のところで異っていた。彼の見る風景は、人間の言葉を語っていた。木蔭からニン

自然の中には神がいて、その声を受け入れて描いたミレー。
ミレー《晩鐘》 1855-57 油彩・カンヴァス 55.5×66 オルセー美術館
Musée d'Orsay, Paris ［写真提供］W.P.S.

Jean-François Millet
ジャン・フランソワ・ミレー
1814~1875

フが飛び出して来ても不思議はなかった。彼の自然観察の土台には、光学理論があったのではない、ラ・フォンテーヌやラマルティーヌの詩があったのだ。
（近代絵画・セザンヌ）

コローの描く風景は「顔を持ち性格を持った」ものであり、モネが「光」として捕えた聖堂や藁束の風景とは、根本的に意味が異なることを指摘している。

コローに続いて、ミレー《晩鐘》（現在はオルセー美術館蔵）が登場する。

ミレーに「晩鐘」という有名な絵がある。これは風景画であり、風景画の勝利である。晩鐘は、自然の語る言葉であって、余計な事を考えたり、感じたりする暇のない二人の人間が、自然を相手の日々の勤労によって、この言葉を感じている。解し難い言葉だが、それを聞く事は正しいと感じている。生きているのは先ず自然であり、人間は、自然から命を通わせてもらっている。（近代絵画・セザ

ンヌ）

ミレーもコローも、自然を独立した画題とした点で、それまでの絵画の常識、「ギリシア、ラテンの伝統を墨守したアカデミーの画家たちが、美の基準としてきた均衡のとれた人間の像」ではないものを描いた画家として、やはりパイオニアであった。しかし、彼らは、自然と対話することを放棄したわけではなかった。バルビゾン派の画家たちが、同じ風景を描いていても印象派の画家たちと一線を画すのは、まさにその点だったのだ。

つまり、印象派の画家たちが目指したのは、こういうことだ。

……コローからラ・フォンテーヌを除き、ミレーから聖書を剝ぎとり、もっと直接に風景を摑みたい、光を満身に浴びて、モネの言葉を借りれば鳥が歌う様に仕事をしたい、そういう画家の自然への愛情の新しい形式の目覚めが根本の事だったのである。（近代絵画・モネ）

Museum Information

一二世紀、ルーヴルは要塞であった。後に宮殿として改築されたが、王室コレクション公開のため、一七九三年に現在のような美術館となった。その後はナポレオンの戦勝による名作の集積や、地中海・中近東諸国の発掘品取得などを収蔵の要とした。

ダ・ヴィンチの《モナリザ》、ドラクロアの《民衆を導く自由の女神》をはじめ、ギリシア・ローマ部の《サモトラケのニケ》、オリエント部の《ハンムラビ法典》など、現在30万点に及ぶ所蔵を誇る、名実ともに世界最大の美術館である。

ルーヴル美術館
Musée du Louvre
http://www.louvre.or.jp/

- 住所……75058 PARIS CEDEX 01 FRANCE
- 開館時間……9:00~18:00（常設展）9:00~21:45（月・水のみ夜間開館）
- 休館……火曜、メーデー、聖霊降臨節、万聖節、クリスマス
- アクセス……［地下鉄］Palais Royal駅、Musée du Louvre駅から徒歩5分

［写真提供］世界文化フォト

一九〇〇年のパリ万博にあわせて開業したオルセー駅は一九世紀を代表する公共建築であったが、メトロや自動車の発達を受け、30年後に使命を終える。長らく放置されていたこの駅が、美術館として改築・復活したのは一九八六年のこと。現在、一八四〇〜七〇年の印象派誕生までと、一八七〇年〜一九〇五年のキュビスム誕生直前までの作品群を、二つの核として収蔵している。主な作品には、ゴーギャン《アレアレア》、ドガ《オーケストラ奏者》、スーラの遺作《サーカス》、ルノアール《ぶらんこ》などがある。

［写真提供］世界文化フォト

オルセー美術館
Musée d'Orsay
http://www.musee-orsay.fr/

- 住所……1 rue de Bellechasse 62 rue de Lille 75343 PARIS CEDEX 07 FRANCE
- 開館時間……火・水・金・土曜10:00~18:00 10:00~21:45（木曜） 9:00~18:00（日曜） (6/20~9/20は毎日9:00-)
- 休館……月曜、元旦、メーデー、クリスマス
- アクセス……［地下鉄］Solférino駅から徒歩3分

フランス……ピカソ美術館

パブロ・ピカソ

Pablo Picasso
1881~1973

ピカソのわからない絵

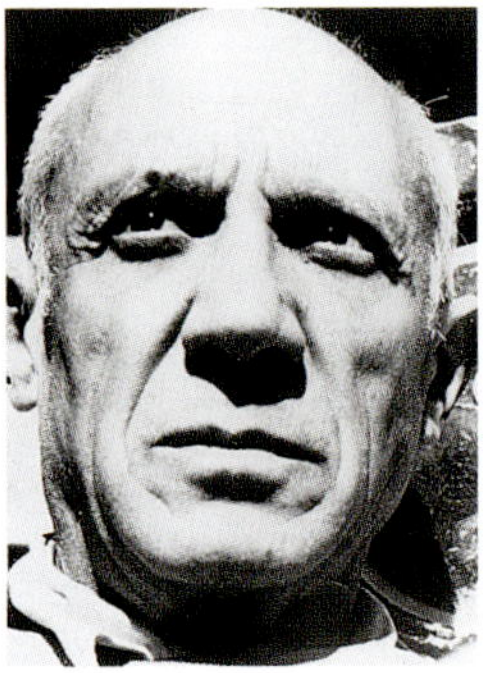
[写真提供] Orion Press

雑誌でピカソの写真を見た小林は、「毛の生えていない大猿の様な男が、パンツ一枚で、虚空を睨んでいたが、その異様な目玉には驚いた。こんな眼つきをした男は、泥棒、人殺し、何を為出かすかわからぬが、議論だけはしまい」(偶像崇拝)と感じた。

狂的な蒐集癖をもち、紙くずから小石、くぎ、骨、貝殻と、手当たり次第、なんでも持ち帰ってくることに対し、「なぜ捨てないか」と尋ねられると「僕が浪費しないということが肝心なのだ。持っているからこんなに有るので、貯めているのじゃない。有難い事に手に入った。何故捨てねばならぬか」と答えたという。

そんな、一見、禅問答のような矛盾した会話も、「彼の眼玉が答えているのだと思えば、よく解る」のだと、小林は言う。

さて、今でこそ、モネやピカソは世界中で崇拝されているが、最初は描いた当人以外、そこに何が書いてあるのか、誰にも分からなかっただろう。「印象派」「立体派」などという言葉も、最初は「悪口」として使われたにちがいない。

昔は、同じ観念なり感情なりを、絵で現すのが画家であり、詩で歌うのが詩人である、違うのは手段だけだ、と誰も考えていた。今日では、そういうのん気な考え方をするのは、表現というものに苦労したことのない人々だけである。少くとも画家や詩人は、絵は絵より他何も現していないし、詩は、絵にならないものばかりで出来ている、と考えている。そういう風に、絵や詩を作ろうとしている。ピカソについて書こうとして、自ら、又、この問題に誘われるのは勿論、ピカソ自身が、この問題を決定的な形で提出したからである。つまり、わからない絵を描き出したからだ。(近代絵画・ピカソ)

ピカソの絵を「わからない」といいつつも、人々は次第にピカソの絵に説得され、ついには受け入れてきた。「わからない」とは「言葉にならない」ということだ。受け入れた以上、「わかり」たい。そのためには、言葉という記号に置き換えなければならない。

絵画がわからなくなればなるほど、評価であれ、悪口であれ、絵画批評は隆盛する。ことに「わからない絵」の大家、ピカソについて書かれた文章は、膨大だ。

一方で、画家たちは批評や理論に対し、

往々にして嫌悪感を示す。「そんなものは文学に過ぎない」と。

　これに対し、小林は「併し、言葉の力というものは、恐らく画家たちが考えているより遥かに強いものだろう」「絵画が今日程、絵画について語られることを熱望した事はないとも言える」と言う。

　批評家・小林の矜持である。

「近代絵画」のピカソの章は、この「わからない」絵を解読するために、本人や同時代の証言を引きながら、印象派からの流れはもちろん、ギリシアまでさかのぼって画家の精神論を論じ、あるいはもっと根本的な問題として「美とは何か」という問題に踏み込んで、同書中でも最も多くの紙幅を割いている。

ピカソがまだ「わかりやすかった」青の時代の代表作。
ピカソ《自画像》 1901 油彩・カンヴァス 81×60 ピカソ美術館
Musée Picasso, Paris ［写真提供］W.P.S.

　ところが「セザンヌ」の章同様、ほとんどが理論に終始しており、小林が実際に絵の前に立って受けた「感動」についてのライブな感覚は希薄だ。わずかに「青の時代」の「自画像」など数点について論じているだけなのだ。

　それは、小林がピカソの絵に対し、愛着を持てなかったせいなのか。あるいは、ピカソの絵画は、個々の作品に感動することよりも、この稀代の批評家に「語られることを熱望」したのかもしれない。

　さて、近代絵画のパイオニアたちが描いた作品は、常に見る者を驚かせてきたのだが、やはりピカソは格別だった。

**　十九世紀の絵画愛好者達は、例えば印象派のもたらした新しい形象に驚いたが、この驚きは新しい画家達が望んだ通り、視覚上のものであった。見るものは、古い形象のこの新しい描き方は果して美であるかといぶかったに過ぎないのである。併し、ピカソの展覧会に集る人々の、わからない、という言葉が語るものは、**

こんな画家に肖像画を頼む人はいない。
［上］ピカソ《水兵服の人形を抱いたマイヤ》 1938
油彩・カンヴァス 73.5×60 ピカソ美術館
Musée Picasso, Paris ［写真提供］W.P.S.
キュビスムはわからない絵の極致だっただろう。
［左］ピカソ《ギターを持つ男》 1911
油彩・カンヴァス 154×77.5 ピカソ美術館
Musée Picasso, Paris ［写真提供］W.P.S.

もう視覚の混乱だけではあるまい。描かれている物は一体何か、という抗し難い問いに視覚は呑まれているからである。(近代絵画・ピカソ)

ただ「わからない」のなら、黙殺すればよい。相手にしなければいいのだ。しかし、ピカソの絵は、黙殺するにはあまりに見る者の心をとらえて、離さなかった。

何故わからぬ絵の展覧会が満員になるのか。わからぬ絵に惹かれたからではないか。これは言葉の戯れではない。敢えて言えば、ピカソの、引いては現代絵画の中心問題なのである。人々はピカソの提示する形象の不安と謎とに、われ知らず、誘われている。彼の絵に隠された心理的な問題性を直覚している。ピカソの作品が見る人々を、暗黙のうちに、直かに動かす、そういう力を疑うわけにはいかない。(近代絵画・ピカソ)

ピカソを読み解くことは、すなわち近

代絵画を読み解くことになるのだ。だからこそ、小林もピカソの章にこれだけ多くを割き、その本質を見極めようとしたのだろう。

しかし、では小林がピカソを、彼の作品を好きだったかというと、どうもそれほどではなかったようだ。ピカソの眼と、その眼が見たものをそのまま描いてしまう腕力のようなものに感嘆しつつも、そして、常に新しいものを生み出していくエネルギーに圧倒されつつも、「ではあなたはピカソが好きか」と問われたら、きっと「それほどでもない」と答えたのではないだろうか。

この章を結ぶ言葉は、とても激しい。

ピカソは、可能な限りの身振りで、対象に激突し、彼は壊れて破片となる。それより他に彼には自分の意識を覚醒させる道も、他人の意識を解放する道もなかったのである。恐らく彼は正しい。だが、誰にも正しいと言うには、あまりに危険な道である。模倣者は呪われるであろう。（近代絵画・ピカソ）

後日談だが、小林はピカソの一枚の作品に強烈に惹かれた経験を書いている。

この夏、読売新聞社主催の現代美術展で、ピカソのコップを描いた小さな絵を見ていて、容易に動けなかった。文句なく欲しくて堪《たま》らなかった。私は、この時ほどピカソ風の絵と、ピカソの絵との区別をはっきり感じた事はなかった。それは肉眼を通じたヴィジョンの有る無し、それだけだ、と感じた。（偶像崇拝）

つまるところ、ピカソは主義でも論理でもなく「眼玉」なのだ。

「近代絵画」はピカソの章で幕を閉じる。そこでもう一度、この書の冒頭に戻ってみると、こんな言葉から始まっている。

近頃の絵は解らない、という言葉を、実によく聞く。（近代絵画・ボードレール）

Museum Information

どこか懐かしいパリの下町マレー地区、路地を辿ると豪奢な一七世紀の建造物が目に止まる。この建物は、かつて私腹を肥やした塩税官吏が建造させた邸宅のため「塩の館」と呼ばれてきた。現在は改築され、ピカソの遺族が相続税の代わりに「物納」した美術品を一般公開するとともに、ピカソが最晩年まで手元に残した多数の自作と、収集美術品を収蔵した国立美術館となった。一九八五年の開館以来、「青の時代」の《自画像》をはじめとして《アビニョンの娘たち》《海辺を走る二人の女》《ギター》などの代表作、画家の個人史と重なる女性に主題を置いた《マリ＝テレーズの肖像》《ドラ・マールの肖像》などを展示している。また、遺愛の品となったドガ、マティス、ルソーらの作品も収蔵する。

ピカソ美術館
Musée Picasso

- 住所……Hôtel Salé 5 Rue de Thorigny 75003 PARIS, FRANCE
- 開館時間……9:30～18:00（4/1～9/30）9:30～17:30（10/1～3/31）
- 休館……火曜
- アクセス……［地下鉄］Saint Sebastien/Froissart駅から徒歩５分

スペイン……プラド美術館

フランシスコ・デ・ゴヤ

Francisco de Goya
1746~1828

「色気」と「色彩」の魔術

スペインにやってきた小林は、プラド美術館がとても気に入った。

マドリッドのプラドー、あれはほんとうにいい美術館です。何しろ絵が二千点はあるそうだ。僕は五度行ったが、まだ充分とは思えなかった。

プラドーは、ヴェラスケスとグレコとゴヤの本場だが、僕はゴヤに一番動かされた。あの有名な「マヤ」ね、裸体のと着物を着たのとがある。裸の方がいいな。あんなエロチックな裸を、他に誰が描いた人があるだろうと思ったな。これは実物を見なければ駄目だ。とても想像出来ない。ああいう肌の色はどんな事をしても複製では出ない。（美の行脚・河上徹太郎との対談）

ヴェラスケスについては、印象派との関係で語っている。

マドリッドのプラードの美術館に、ヴェラスケスの絵が沢山ある。晩年の有名な大作、「メニナス」の前に立った時、私は実に深い感動を味った。……私は何度も行って長い事眺めたのだが、何がどんな構図で描かれていたか、はっきり思い出す事が出来ない。それほど全体の色の調和から来

こんなエロチックな絵をほかに描いた人がいただろうか？
ゴヤ《裸のマハ》1798-1805頃 油彩・カンヴァス 97×190 プラド美術館
Museo del Prado, Madrid ［写真提供］W.P.S.

400年の時空を超えて、セザンヌにつながる光と音を感じさせる。
ヴェラスケス《ラス・メニナス》1656
油彩・カンヴァス 318×276 プラド美術館
Museo del Prado, Madrid ［写真提供］W.P.S.

Diego Velázquez
ディエーゴ・ヴェラスケス
1599~1660

る純粋な魅惑には驚くべきものがあって、為に主題は圧倒されていたのだと言ってもいい様に思われる。……彼の絵が出来ているマチエール（原料）は勿論色だが、それが即ち彼が絵を描くという仕事のマチエール（理由）であるし、彼の絵の真のマチエール（主題）は色であるという感じが直かに来るのである。（近代絵画・セザンヌ）

ルーヴルでドラクロアを見た時と同じように、いやそれ以上に、小林はヴェラスケスの「色彩の魔術」を感じた。

ヴェラスケスの色彩には、華々しいものも、特に効果を狙ったと見えるものもなく、渋いと言ってもいい程沈著なものだが、画面全体が、豊かな拡りと奥行をもった、堂々たる和音となって鳴っている様だ。……ヴェラスケスの描き方は、自由で柔らかく、人も物も殆ど素描めいて描かれているのだが、そういうものが集って作り出す効果には、驚くほどの正確な統一が現れて来る。アトリエ全体が親しげに語りかけて来る巨きな人間の顔の様だ。部屋全体が和やかに輝やいていて、陳列室と画の中のアトリエとの間に空気が通い合っている様だ。（近代絵画・セザンヌ）

ヴェラスケスは外光派ではなかったが、小林は「明らかに光の画家だ」と断定している。モネとの違いは、光を分割したか、しなかったか、だけであると断じ、彼の絵の中に充満する光を見た。そして、そこに鳴る音楽を聴いている。小林の見たヴェラスケスは、そのままセザンヌにつながっていく。

Museum Information

ナポレオンのスペイン侵攻から国内の美術品を保護するため、一八一九年、フェルナンド七世が設立。王室から国家に所有が移った後も、絵画だけでも約8000点を越える所蔵品は歴代王のコレクションを主とし、盗品・略奪品の類は一切置いていない。一七世紀バロック絵画の代表ともいわれるヴェラスケスの《ラス・メニナス》や、ボッスの祭壇画《快楽の園》、ブリューゲル《死の勝利》、グレコ《受胎告知》など、多数の傑作が収蔵される。また南棟では、宮廷画家として栄光を得たゴヤの《裸のマハ》から晩年の《黒い絵》連作に至るまで、作品を網羅。随所にある窓から風景を眺め、遥かな時代の宮廷と画家の歴史を思うのもまた、楽しみのひとつだ。

プラド美術館
Museo del Prado
http://www.mcu.es/prado/info_eng.html
✤住所……Paseo del Prado s/n 28014 MADRID SPAIN
✤開館時間……9:00～19:00（火曜～土曜）9:00～14:00（日曜、祝祭日）
✤休館……月曜、元旦、聖金曜日、メーデー、クリスマス
✤アクセス……［地下鉄・鉄道］Atocha駅から徒歩10分

エジプト・ギリシア・ローマだより

小林秀雄が自ら撮影した写真。
［上］ギゼのピラミッド
［中］ルクソール神殿のレリーフ
［下右］ルクソール神殿のアメノフィス三世像
［下左］ミケーネ、アガメムノン居城の獅子の彫刻

ヨーロッパ各国を歴訪した後、小林は今日出海とともにエジプト、ギリシア、ローマに向かった。この時、出版社から餞別に贈られたニコンで小林自身が撮影した写真があって、今までにも何度か紹介されている。

しかし小林は、旅の途中で露出計をなくしてしまった。

下図はメヂネ・アプーという神殿の入り口である。草の中でカメラを覗いているのは、今君、もう一人は案内のアラビア人。実はこの神殿の玄関の屋根の上に、露出計を置き忘れて来たのである。何処に忘れたかわからなかったが、写真をローマまで来て現像させてみたら、今君をここの神殿の上で撮った写真に、今君の尻の横に露出計が写っていたのである。

（ギリシア・エヂプト写真紀行）

旅先で撮影した何枚かの写真を、小林はローマから娘・明子に送っている。同封された手紙には、一点一点の写真について、詳しい解説が書かれていた。ここに記された「神殿の上で撮った写真」も、その中に入っていた。小林はこの写真の説明を、こんな風に書いている。（番号は左頁の写真に対応）

1今ちゃんが一服している。これはエヂプトの奥地、ルクソールのメジネ・アブーという神殿の城壁のてっぺんです。仲々よくとれているだろう。然しこの写真の最も驚くべきところは、よく御覧なさい、今ちゃんのお尻の処に、露出計が写っている。つまり露出計は、此処に忘れて来たという事を写真は証明しているのである。

以下、送られてきた写真の何点かを、小林の肉声で解説してもらおう。

2ギリシャ、アテネのアクロポリス。勿論今ちゃん撮影。彼は柱の方をねらったらしい。向うに見えるのは右手はニケの神殿、柱は女人の像です。これは仲々

旅先から娘・明子に届いた手紙。
現地で現像した写真（左頁）が同封されていた。

1が露出計紛失の証拠写真。
2〜5は今日出海撮影。

美しい。小生も撮影したが、残念乍ら、ふたを開けて了った。

3これはギリシャのオリンピアの神殿の趾。だけど今ちゃんは、やはり花の方をねらったらしい。ここに咲いているのは雛菊の様な花だが、この神殿の趾には、アネモネが実に美しく咲き乱れている。自然に咲いたとはとても思えぬほどの見事な花（朱色と青）だ。踏みつけて行かねば通る場所もないので、踏みつけて歩くが、いかにも無慙な気持がするほど美しい。天然色フィルムを持って来なかった事を残念に思ったが、露出計がないから持って来ても駄目だと思い直した。

4はギリシャのディフィ神殿の趾、この写真はちっと意味ないね。写真では全くこの辺りの晴朗な空気と日光を現わす事は出来ない。

5はナイルの渡船の中で今ちゃんがうつした。彼は実に巧に僕が目をつぶったところでシャッターを切った。

なんとも楽しげな様子が、行間からにじみ出てくるようだ。この手紙の巻末に、こんなメッセージが添えられていた。

エジプトで小林の眼をとらえた優品。
《ラホテップとネフェルトの像》 エジプト第四王朝
エジプト美術館 Egyptian Museum, Cairo
撮影：野中昭夫

毎日、イタリヤではウドンを食っている。オランダチーズ（大町の踏切の手前左側に売っている）をけずって、トマトケチャプにひき肉を入れて煮たのと一緒にウドンのうでたてにかける。バターも入れる。お母さんにしてもらいなさい。

このチーズを売る店は現在もあるのだが、方向音痴だった小林は、位置を全く勘違いして書いているそうだ。ともあれ、普段の峻烈ともいえる批評文を書く同じ人の口調とはとても信じられないほど、その言葉はやわらかく、旅先で家族を想う文面の、なんとやさしいことか。

さて、ここで小林の心をとらえたものは、どんなものだったろう。

エジプト

僕はエジプトに痛感した事は、何というかなあ、芸術というものは結局フォームだ。これはわかり切った事だが、今更の様にそのわかり切った事を痛感したな。作品は形だ、黙っている形だ、言葉ではどうにもならない意味が確かにそこにあって、それが、沈黙の声として言葉にならぬ言葉として伝わって来る。そんな事は美学のいろはなのだが、私達現代人は、このいろはについて実に鈍感になって了っている。そういう事を直かに感じたな。（美の行脚・河上徹太郎との対談）

ローマ

コロシアムというのは、やっぱり、ローマの象徴だな。……コロシアムという

ローマとローマ人の象徴、コロシアム。
撮影：岡村崔

のは、近代建築の開祖じゃないかな。僕は感心したな。ローマ人の政治と軍事との天才、或は又享楽の天才、そんなものの権化だな。（美の行脚）

フィレンツェ

あの町は、町全体がルネッサンスを語っている様だ。だけど、ルネッサンスの美術なんてことになるとね。……代表者を一人あげろと言われたら、やっぱりミケランジェロかなあ。……ミケランジェロは、絵よりやっぱり彫刻だね。メディシの墓とピエタが頂点だろう。ピエタはいくつもあるがみんないい。未完成のピエタなどはまるでロダンだ。（美の行脚）

未完のピエタはまるでロダンのよう。
ミケランジェロ《ロンダニーニのピエタ》
1552-64　大理石　高195
ミラノ、スフォルツァ城 Castello Sforzesco, Milano
［写真提供］W.P.S.

最後に、小林自身がアテネで撮影した「傑作」写真（下）を紹介しよう。

この写真は、写真やさんに言わせると一番面白い写真なのだそうである。僕には何んだかよくわからない。第一何処でとったか、はじめは思いだせなくて困った。……やっと思い出したが、これは、アテネの町である。向うに見えるのがアクロポリス。アテネは、思いの外寂しい貧しい街であった。（ギリシア・エジプト写真紀行）

この後ローマで、露出計に続いてカメラもなくしてしまったのだが、「僕は写真なんぞに、大して興味を持っていないから、いっそさばさばした気持ちになった」といかにも小林らしく屈託が無い。

西洋絵画事始

小林が西洋近代絵画について論じ始めるのは、昭和二七年の「ゴッホの手紙」からであり、以後、「近代絵画」などで本格的に美術評論を展開するのだが、展覧会評として登場するのは、昭和二六年の「マチス展を見る」が最初のようだ。

この会場には二度、足を運んでいる。「初めて行った時、油絵ばかり熱心に見て疲れてしまった」ので、二回目はまんべんなく見ようとしたのだが、「やっぱり油絵の部屋でうろうろしてしまい」、他は上の空だったと書いている。

そして小林は、この油絵の部屋で、「一人の優れた人間の五十年間の心の歴史の中」に閉じ込められてしまった。

アンリ・マティス

Henri Matisse
1869~1954

この心の歴史は一貫したまことに堅牢なものである。私は、一八九九年の「桃の花ざかり」から見始めて、一九四七年の「室内に立てる裸」まで来る。……言わば芸術家の一生というシステムに関する極めて直接な経験である。私はこういうシステムしか信じない。あらゆる論理的なシステムは、こういう人々の心をときめかすようなシステムを目的とする手段か、準備とかいうものに過ぎないかというような気持ちになる。（マチス展を見る）

一九世紀末から二〇世紀前半を生きたこの画家を論じるのに、小林は印象派にはまったく触れていない。マティスという一人の画家の「システム」を見、感じ、述べているだけだ。

会場を一巡して、最初の《桃の花ざかり》に還ってくると、「この暗い絵が華やかに見えるほどで、一段と美しい」。

自然がマチスという個性に与えた感情の質というものが、実に露わに出ている事を感じさせる。これは既にカラリストの絵ではない。ヴァロリスト（こんな言葉があるかどうか私は知らないが）の絵だといっても差支えないと感じた。彼は既に構成家なのであり、建築家なのである。（マチス展を見る）

カラリスト（色彩画家）に対する「ヴァロリスト」とは、ヴォリューム、すなわち量感で描く画家、というニュアンスだろうか。

画家がたどった精神の軌跡を、絵で追体験しながら、「不安定な性質《オダリスク》」「実に苦し気な絵《立てる踊り子》」「残酷な絵《マティス嬢》」を経て《鏡の前の裸》に至ると、小林は「ホッとする」。「あとはもう自在だ」。

後に「近代絵画」で見せたような、暗喩に満ちた解説ではなく、一点一点の絵

［上］マティス
《赤いパンタロンをはいたオダリスク》
1921　油彩・カンヴァス
65×90　パリ国立近代美術館
Musée Nat. d'Art Moderne, Paris
Photo by SCALA　［写真提供］Orion Press
［左］マティス《画家の娘－マティス嬢の肖像》
1918　油彩・カンヴァス
72.5×52.5　大原美術館
［右頁］小林が見た「マチス展」のカタログ
1951年

に、直接的で素直な感想の言葉が並ぶ。

マチスは桃の花という対象の追求から始めて、絵画そのものの構造の追及という道に這入った。その道が、自ら、かつて絵画の母体であった建築芸術のうちに全体的な表現を見附け出すようになった。そういう道筋の方はよく納得出来たように思われた。（マチス展を見る）

ご近所の美術館散歩

ポール・セザンヌ
Paul Cézanne
1839~1906

鎌倉、「山の上の家」のすぐ近くに鎌倉近代美術館がオープンしたのは、昭和二六年一一月のこと。坂倉準三の設計で、小林はこの美術館がとても気に入り、「仕事に疲れると、ぶらりと出かけて」行くことがあった。

ヨーロッパの旅に出る前のことだが、その日はセザンヌとルノアールの展観をやっていた。

サント・ヴィクトアール山の絵と並んで、セザンヌの自画像がかかっていたが、今度幾度か見比べているうちに、初めてこの自画像が実にいい絵であると合点出来た様な気持ちがした。(セザンヌの自画像)

《サント・ヴィクトワール山》と《自画像》は同じ時期に、いや同時に描かれたのではないか、と小林は考える。また、ひとしきり印象派へと到る絵画理論の歴史を展開した後で、話はセザンヌに戻ってきた。

例えば、セザンヌの眼に、自然はどんな具合に、どんなに頑強に抵抗したかを「サント・ヴィクトアール山」は明らかに私に語りかけて来る。傍に幾つかの未完成の習作めいた水彩画が並んでいるが、其処に現れている驚くほどの正確さと速力とで動いているセザンヌの同じ手が、山にさしかかるとまるで登山家の様に喘《あえ》いでいる。これは、まるで眺めている人にはわからぬ、登山家だけが知る山の様である。(セザンヌの自画像)

「こんなに画家の、対象への闘争というものを隠さなかった画家があったであろうか」と小林は驚き、「私は今までセザンヌに一体何を見ていたのか」と訝る。そして、隣に並ぶ自画像へと視線が移る。

……これも全く同じ風景画だ、と絵はいうのである。画家は、世間でセザンヌと呼ぶ山に登っている、そういう感じがする。(セザンヌの自画像)

歴史画や肖像画、宗教画が「絵画」というものであった時代から、印象派が勝ち取った「風景画の勝利」は、実は外観

美術館の喫茶室でくつろぐ小林。

神奈川県立近代美術館
《本館》
✣住所……〒248-0005 鎌倉市雪ノ下2-1-53
TEL. 0467-22-5000 FAX. 0467-23-2464
《別館》
✣住所……〒248-0005 鎌倉市雪ノ下2-8-1
TEL. 0467-22-7718
http://www.planet.pref.kanagawa.jp/city/kinbi.htm
✣開館時間……9:30~17:00(入館は16:30まで)
✣休館……月曜、年末年始(祝祭日については要問合せ)
✣入場料……企画展による(高校生以下、65歳以上は無料)
✣特徴……近現代美術の企画展を中心とした運営
✣アクセス……JR横須賀線/江ノ島電鉄「鎌倉」駅下車 徒歩約10分(別館は本館より徒歩約5分)

のことだけだったのかもしれない。セザンヌが肖像画に取り組んだのは、単なる復古主義ではなく、「言葉から解放され、純粋な自然に保証された現在時の視覚の喜びは、性格という言葉と、過去とを負う人間の顔という現存を新しく照し出した」ことだと小林は分析する。それをセザンヌに教えたのは自然である、と「絵が語っている」。

「山に近付く様に、自己に近付く事」が出来たセザンヌという画家に、小林は改めて感動し、畏敬の念を抱いた。

五年後に、「近代絵画」で、レンブラント以来、バルビゾン派を経て、印象派、そしてセザンヌからピカソへと続く絵画史の中で、移り変わった絵の主題、画家の自然観を論じることになる小林だが、この時点ですでに、ひとつの到達点として、セザンヌは位置づけられていたのだろう。

セザンヌは山に近付くように自己にも近付いた。
[上] セザンヌ《サント＝ヴィクトワール山とシャトー・ノワール》
1904-06頃　油彩・カンヴァス　66.2×82.1　ブリヂストン美術館
[下] セザンヌ《帽子をかぶった自画像》
1890-94　油彩・カンヴァス　61.2×50.1　ブリヂストン美術館

最後まで愛した画家ルオー

ジョルジュ・ルオー
Georges Rouault
1871~1958

近代絵画黎明期の画家たちについて、縦横に評論してきた小林だが、では彼自身、誰が一番好きだったのか、というと、それはルオーだと言えよう。小林はルオーの作品を何点も自ら買い求め、自宅に掲げていたことが、なによりの証だ。

なかでも、最も愛した作品が、《ピエロの顔》である。これは、晩年のルオーが愛用していたパレットに描かれたものだ。

イザベル・ルオーさんのお話しでは、ルオーは、亡くなる前、パレットの代りに楕円形の大皿を使っていたそうだ。その一枚が取り上げられ、表にはピエロ、裏には花が描かれた。誰に見せようというものではなかったらしく、サインもない。（ルオーの事）

この皿に強く惹かれ、「絶対的な、異様な吸引力」に捕らえられた小林は、娘のイザベルさんからこのパレットを譲り受けた。

ためらいも繰り返しもない素早い筆は、表にピエロを仕上げると、そのまま速度も落さず、裏側に廻り、あっと言う間に花を描き終える、その断絶を知らぬ運動に導かれて、私は皿をひっくり返すようである。……この皿では、表も裏も、その縁回りは、叩きつけるような筆触が印した斑点からなる文様だ。見込みに描かれたピエロの面長の優しい顔は、縁回りの文様を映じて、静かに沈んで行くように見えるし、裏を返すと、彩色は転調し、低い高台の内の壺に挿された花束は、こちらに向ってせり出して来るようだ。叩きつけられた絵具が作る斑点と、顔料を分厚く盛り上げて引かれる描線との対照は、いかにも荒々しく烈しいものだが、其処に、極めて繊細な和音が発生し、皿全体が鳴るのに気附いて驚く。これに聞き入っていると、こういう美しい物が生れて来る、創り出されて来る、その源泉とも言うべきものに向って誘われて行くような、一種の感覚を覚えるのである。（ルオーの事）

パレットに走らせるルオーの筆のスピードにも劣らぬ筆勢で、小林はこの絵の魅力を一息に書ききっている。

「近代絵画」ではルオーは取り上げられていなかったが、小林はいずれルオーを書きたいと考えていた。だが、ルオーの絵画を語るとき、どうしても避けて通れない問題、キリスト、そして聖書を我が物とするまで、手がつけられないと考えていた。

ルオーがパレットがわりに使っていた大皿。
ルオー《ピエロの顔》表　1945～46頃　油彩・セラミック　41×29　個人蔵　撮影：野中昭夫

そんなある日、「聖書風景」シリーズの一作、《古びた町外れにて、または台所》という絵が日本に持ち込まれていることを知った小林は、持ち主を訪ね歩いた。そしてこの一枚の作品に出会ったとき、小林は豁然とルオーに目覚めた。

……太い煙突の立った竈《かまど》に赤い火が静かに燃えて、何か粗末な食べ物が鍋で煮え、薬罐の湯が沸いている。壁には、フライパンが三本、まるで台所の魂が眼を見開いたような様子で懸っている。傍の椅子に、男が一人腰をかけ、横を向いて、考え事をしている。頭上に塗《は》かれた背光めいた色から見て、キリストに違いないのである。裸にされた人間の暮しの跫音に聞き入っているのであろうか。絵に現れた驚くべき沈着な色調の諧和が、折にふれ甦って来る毎に、あの「フライパン」は、今、何処にあるかと思わざるを得なかった。（ルオーの事）

絵は、小さな料亭の、二階の小座敷に飾られていた。

ルオー《ピエロの顔》裏 ［右頁］ルオー《ピエロの顔》裏部分 撮影：野中昭夫

《ピエロの顔》は最も愛した絵だった。昭和54年

小林をキリストの呪縛から解き放った作品。
ルオー《古びた町外れにて　または台所》
1937　油彩・カンヴァス　55×70　個人蔵

……チャブ台に頬杖をつき、話を聞きながら、画面に向いた私の眼は、キリストの姿はここにはない事を確めるようであった。（ルオーの事）

ルオーについて語るとき、壁になっていたキリストの呪縛から、小林は解き放たれた。これでルオーが書ける、と確信したのではないだろうか。

同じように、《春》という作品も、小林の心を捉えた。

……これはデトランプ画だから、光線の具合によっては、ひどく見にくい。……絵には人影はないが、丘の上に、寄り添うように並んだ古ぼけた家々の窓は、其処に棲みついた人々の眼のようであり、こちらを見詰めているその表情的な眼は、俺達の生活に、春が来たわけではないと言っている。ルオーの考えでは、そういう人達こそ、春の到来をよく見ている。絵の制作動機も其処にある。……濃い暗い緑と青の丘の樹々の塊りの中

ああ、桜が咲いている。
ルオー《春》1914　デトランプ　19.5×29.5　個人蔵

を、灰色の道を登り詰めると、強い黒い線で描かれた木が一本立っていて、薄ら白い花をつけている。私はこの画を初めて見た時、ああ、桜が咲いていると感じた。（ルオーの事）

桜を愛し、花の季節になるとどこかしら桜を訪ねる旅をしていた小林の眼に、描かれた一本の木は、そこに咲く白い花は、桜以外の何物にも見えなかった。この一本の花木が、桜と同じように小林のこころをとらえて離さなかった。

晩年、小林はルオーの版画を好んで部屋に掲げていた。

……部屋には、ルオーの版画しか掛けていない。時々、取り替えては眺めている。ここ数年間、そうしている。今は、「ミセレーレ」の中の日の出の画が掛かっている。日の出と言うより、この画家は、太陽が毎朝、地球という惑星を照らすところをモデルにしていると言った方

晩年、好んで掛けたルオーの版画。
［上］ルオー
《ミセレーレ　時に道はうるわしけれど》
1922　アクアチント　37.5×50.5
［中］ルオー《ミセレーレ　隠者の通り》
1922　アクアチント　36.6×50.8

ルオー《ミセレーレ　祈りを捧げよ　日新たなり》
1922　アクアチント　51×36.4　清春白樺美術館

がいい。地球は地層を剥《む》き出し、荒寥《こうりょう》たる姿だが、よく見ると、鳥が一羽、敢《あえ》て明鳥とも呼びたいような優しい姿で舞っている。人間達はもう沢山生れていて、地表の何処かに隠れているように見えて来る。（ルオーの版画）

この版画の奥の奥から、不思議な音となって「ミセレーレ」という言葉が聞こえてくる。キリスト教がどうだとか、聖書がどうだとか、そんな理屈を超えて、版画の奥に秘められた、画家の「強い静かな喜び」の声が、小林の心にダイレクトに響きかけてくる。

小林は結局、ルオーについて多くを語ることはなかった。ひとり書斎でルオーに向き合い、画家の魂と語り合っていた。

最後のセザンヌ

吉井長三［画廊主］

昨年（一九八二年）の十二月二十七日、フランスから着いたばかりのセザンヌの「森」を持って小林秀雄先生をお見舞した。横になっておられる枕元に絵を掲げると、首をゆっくりと回され、画面をみつめられた。あまりにじっとしておられるので、苦しくありませんか、と声をかけたが全く反応がない。絵を見るときの先生は、周囲の物音が聞えなくなってしまうようであった。

その日は絵を置いて帰った。翌日からは、寝室、居間、食堂と、どこへ行っても見えるところに絵を掛け、食事の間も見ておられたそうである。「まるで、小林の魂が吸いとられるのではないかと思えるほど、この絵ばかり見ていました」と、あとで奥様からうかがった。絵を持ち帰ったあと、「セザンヌはどこだ、どこへ行った」と訊ねられ、奥様は困られたらしい。白樺美術館に展示されるとわかると「ああ、そう

セザンヌ《森》 1875-76 油彩・カンヴァス 54×65 清春白樺美術館

か」と、やっと機嫌が良くなられたという。絵がお好きな先生であったが、身体を悪くされてからは、あまり関心がなくなってしまわれたようでもあった。それだけにセザンヌに対する先生の執着は嬉しかった。秋に予定しているドガ展の話をすると、是非見に行くよといわれ、しばらくの間はお目にかかるたびに「ドガはまだか」「まだか」と訊ねられた。もう大丈夫、よくなられると思い、また実際にずいぶんと回復されたようにみえたのだったが。

小林先生ほど丁寧に、精神を集中して絵を見る方はいなかった。ものを視る姿勢、態度から教えられるものは多かった。つまらない絵、気に入らない絵はさっさと素通りされるが、いったん立止り、見はじめると実に長い間、絵の前から動かなかった。時々、絵について質問されることがあったが、自分の感じたことをそのままお伝えすると、熱心に聞いて下さる。知識ぶったことは受けつけない。直観を大切にしろ、お前の直観は良いのだから、とよくいわれた。商人にはそれでいいのだった。先生自身は、直観から更に奥深いところをいつも見ようとされていた。

ゴッホ、セザンヌ、ルオー、梅原龍三郎、奥村土牛。ドガはパステルを、モネは晩年の作品を好まれた。「梅原は画家以上に批評家である」と評され、それはものをみることができる人だ、という意味であった。私の顔をみると「梅原さんどうかい、やってるか?」と訊ねられる。

浅間山を描く梅原先生のお供をした時の話をしたことがある。——浅間に向ってイーゼルを立てたが、先生のカンヴァスはいつまでたっても白いままである。空はすっかり晴れわたっている。今日はよく見えますね、と声をかけると、いや、あんまりまだ見えない、といわれる。翌日は曇っていたが、少し描かれた。今日は昨日よりぼんやりと、ぼけていますね、というと、梅原先生は、「いや、今日は実によく見える」——。小林先生は即座に「それが梅原のイデ(Idee)だ」といわれた。「見えるものではなく、見えてくるものを描く。それが梅原さんのイデなんだ」。それは、そのまま小林先生の〝絵を見ること〟につながっているように思う。

長く絵を見たあと、ふっと言葉をもらされることも多かった。セザンヌの「麦藁帽子の少女」の時は「まるで音楽のようだ。いいなあ」であった。ルオーの夕景の絵であれば、そこに描かれた人々の会話が聞えるようだ、といわれた。最後のセザンヌについて、そうした言葉は、とうとう聞けなかった。[談「芸術新潮」一九八三年五月号より]

鎌倉・山の上の家の居間にて。花器は《李朝白磁大壺》、花は夏櫨。撮影:野中昭夫

日本絵画を語る

雪舟

本阿弥光悦
俵屋宗達

富岡鉄斎

梅原龍三郎

奥村土牛

地主悌助

雪の日、鎌倉、山の上の家のテラスで。
昭和42年

雪舟

Sesshu
1420~1506

一九四九年（昭和二四年）秋、山口を旅した小林は、毛利家の好意で雪舟の《山水長巻》を見せてもらう機会に恵まれた。

大広間に拡げられた五十余尺の長巻の前を、私は長い事往ったり来たりして、立ち去り難い想いであった。こんなに心を動かされた山水図は、今まで絶えて見なかった。私の雪舟に対する考えは極って了った。私のせいではない。絵が、どう仕様もなく極めて了ったのである。雪舟という人間が、伝説のなかから現れ出て来る様な想いであった。（雪舟）

画中に登場する「山水鑑賞が人生の目的になって了った様な、恐ろしく暇な一人の男」とその従者に誘われて、小林は絵巻物の中を歩き始める。「私は、見ているうちに、この絵を眺める正しい視点というものが、これら画中の二人の男にある事を、はっきり悟った」。

《山水長巻》を歩く

彼の精力は、殆ど前景に集中されている様だ。それは、強固な岩壁と岩盤とから成り、彼が最も信頼した自然の体軀の様に見える。その中に開鑿《かいさん》された山径は、見えつ隠れつ、長巻の動脈の如くつづき、鑿《のみ》や鶴嘴《つるはし》の跡さえ見える。樹木も家も城塞も楼閣も、岩の巨大な重力に捕えられて、安定し、往来する人々さえ岩の破片の様だ。渓流も、水郷の水も、ただ辛抱

画中の人物の視線で、四季の風景を巡り歩く。
雪舟《山水長巻》春景部分
1486　紙本墨画淡彩　39・8×1653　毛利博物館

強く岩を洗う他どう仕様もない。立体感という言葉は弱い。これは立体ではない。岩であり、地殻であり、五十余尺の長巻が、下方に向って目方がかかっている。（雪舟）

筆で描いたのではなく、鑿で穿ったかのような、強い描線に対し、遠景には、淡彩が施され、梅が咲き、竹林が揺れ、紅葉が現れて、やわらかく見る者の緊張感をほぐしている。

茫漠たる遠景は、確固とした前景を再観させる。清楚な衣裳によって、堂々たる体軀に気附く様に、淡彩は施されている。淡彩は、確かに四季の推移を語っているが、それは、まことに静かな移ろいであり、遂に四季の循環という岩の様に不動な観念に導かれる様である。何処も彼処《かしこ》も明晰だ。（雪舟）

小林は、もう理屈ぬきに感動している。雪舟の人間像をつかむのに、伝記などは無用のものだ。「雪舟がはっきりと生き返り、私に近づくのは、画からである。『山水長巻』を見て、私は雪舟に出会う」。

《山水長巻》を見た後、小林は《慧可断臂図》がしきりに見たくなる。だが、このときは、実際に《慧可断臂図》を見ることはできなかった。それでも、同図の「つまらぬ写真版」だけで、小林は満足できたと語る。

ここにも曖昧な空気はない。文学や哲学と馴れ合い、或る雰囲気などを出そう

神光（後の慧可）は入門の決意を示すため、左腕を切り落として達磨に差し出す。
雪舟《慧可断臂図》1496　紙本墨画淡彩　183.8×112.8　斎年寺

としている様なものはない。達磨は石屋の様に坐って考えている、慧可は石屋の弟子の様に、鑿を持って待っている。あとは岩（これは洞窟でさえない）がある だけだ。この思想は難しい。この驚くほど素朴な天地開闢《かいびゃく》説の思想は難かしい。込み入っているから難かしいのではない。私達を訪れるかと思えば、忽ち消え去る思想だからである。（雪舟）

小林にとって、雪舟とは即ち《山水長巻》であった。他の多くの作品は「全体」としての《山水長巻》に対し、「破片」にしか過ぎない。巷の雪舟作品については、真贋論議がかまびすしいが、「全体」が腹の中にしっかりと根を下ろした小林の眼は、そこから派生した「破片」を見誤ることもない。

《山水長巻》以降の、いわゆる「破墨山水」あるいは「発墨山水」と呼ばれる一連の作品は、《山水長巻》によって完成された世界から、さらに一歩踏み出した実験である。小林流にいえば「自然に関する予感めいた」世界であり、「見る者を無視して描かれた」ものだ。例えばそれは、雰囲気などというものを切り捨てた《山水長巻》の部分図であったり、「自然という塊」でしかない。もはや、それは絵ではないのである。

そんなものが名画として伝承されてきたことに、小林は首をひねらずにはいられなかった。雪舟が目指したのは、京都東山の中央画壇からの脱却であり、詩軸から画を自立させることであった。その試みは《山水長巻》によって、見事に達成されている。

しかし、そんな雪舟の気持ちとは裏腹に、雪舟の作品には讃が寄せられ、伝説をまとって「天下第一の詩軸」として伝承されてきたことは、皮肉というほかはない、と小林は言う。

ともあれ、戦後間もないこの当時、どのような交通手段で、また何のためにはるばる山口まで出かけたのかはわからないが、たとえその旅がどんなに困難なものであったにせよ、雪舟の《山水長巻》と向い合ったこの時間は、小林にとっては何物にも替えがたい、貴重な体験であり、至福の時間だった。

Museum Information

［写真提供］毛利博物館

毛利博物館

http://www.urban.ne.jp/home/mm1151

- ✤住所……防府市多々良 1-15-1
- ✤電話……0835-22-0001
- ✤開館時間……9:00~17:00（入館は16:30まで）
- ✤休館……月曜（祝日の場合は火曜）、年末年始
- ✤入場料……常設展・テーマ展・企画展 大人 700円　小人 350円
- ✤特徴……毛利家伝来の美術品、国宝雪舟を所蔵
- ✤アクセス……JR「防府駅」の駅前から防長バス「阿弥陀寺」行き「毛利本邸入口」下車、徒歩6分

本阿弥光悦 Honami Koetsu 1558~1637　俵屋宗達 Tawaraya Sotatsu

鷹ケ峰芸術村

昭和二二年、鶴岡八幡宮の境内にある鎌倉国宝館で琳派美術の展覧会があった。ここに出ていた《四季草花下絵千載集和歌巻》に、小林は強く惹かれた。

絵は俵屋宗達、書は本阿弥光悦。桃山から江戸初期に活躍したこの二人の偉大な芸術家を祖とする装飾芸術家の一派を、後に大成させた尾形光琳の名をとって「琳派」と総称している。

書をよくし、数々の優れた工芸品を生み出した光悦は、刀剣鑑定によって鍛錬された、鋭い美感を持っていた。

一方の宗達については、ほとんど伝説中の人物でしかない。

無論、両者の関係に就いては、雲を摑むが如く、疑い深い眼には、この歌巻さえ伝説と化するだろう。少しも構わぬ。若し、伝説が文献の語り得ない或る不朽な精神を語っているならば。（光悦と宗達）

小林は、この歌巻はその精神を充分に語っている、と捕えている。

光悦は家康から京都鷹ケ峰に領地を賜り、光悦町という芸術家村を作った。

所謂《いわゆる》琳派の開祖は確かに光悦であるが、彼の人格は、光悦町の協同作業のうちに全く溶けていた。宗達が、この協同作業に従事した事実を証する何物もないが、もし光悦町という言葉を或る精神の象徴と解するなら、宗達という巨きな人格もその中に溶けていた事に間違いない。この歌巻が鷹ケ峰製品である事に間違いない。（光悦と宗達）

そこまで考えて、小林は思い悩む。

「この意匠、この装飾が、何かしら動かせぬ思想を孕んでいる様に感じられるのは何故か。この形式美の極致が語っているものは、何なのか」。

そして思い浮かんだのが「己れを失わずに他人と協力する幸福、和して動じない友情の幸福」……「この歌巻の表現しているものは、極まるところ、幸福というものの秘密ではないだろうか」。

宗達の描いた下絵の構図の大胆さも、また、この「協同作業」がキーワードになる。

現代の画家には、協作という様な事は思いもよらぬ。めいめいが一人ぼっちだ。従って絵の方も一人ぼっちだ。絵というものが、かつて、その母体であった建築から見捨てられている。工芸品からも離れている。その様なものに、今もって服従しているものは職人であって、芸術家ではないという事になった。孤独な芸術家は、もはや人々に共有な歴史によって

永遠に美しい花や月の姿を、彼らは疑うことなく描き留めた。
光悦書・宗達下絵《四季草花下絵千載集和歌巻》 部分
紙本着色 個人蔵

与えられた表現形式というものを信じていない。自分は自由だ、形式は自分で創り出してみせる。手本は自然が与えてくれるではないか。自分は、ひたすら自然を見詰める。写実主義は現代画家の孤独な自由の苦しみと悲しみとに結ばれている。そして、自然というものは、見る人を映す鏡である事を忘れまい。（光悦と宗達）

ここで、後に小林が「近代絵画」で展開する印象派の「自立した絵」の概念が登場する。しかし、光悦も宗達も、そんな自由など知らなかった。

彼等は建築や工芸品の要求と必然性とに従って装飾した。自然は彼等の希いを容れて、その瞬時も止まらぬ無限に不安定な相貌をかくして、永遠に美しい桜の花や月の姿を彼等に見せた。彼等の幸福な心は、自然とよく応和していたから、彼等は、自然を糾問する苦しい道を知らなかった。寧ろ自然が彼等の方を眺め、彼等の為に転身した。これが彼等の大胆なる構図の意味である。（光悦と宗達）

この文章を書く小林の胸中には、後に「近代絵画」で書いたモネやセザンヌら、自然と闘った近代西洋画家たちの苦悩が思い浮かんでいたのかもしれない。三百年以上も後に、彼等をあれほど苦しめた「自然」に対し、闘う事もなく、するりと応和してしまったのは、自我に目覚めた一人の画家ではなく、装飾職人たちの集団であった。問題は、東洋と西洋の自然観の違い、それだけではあるまい。その集団の核に、やはり光悦と宗達という、偉大な芸術家の卓抜した美意識があってこそのことだろう。

あくまで「形式美」に則りながら、「形式美」を超えてしまった大きな力が、光悦、宗達にはあった。後年、「形式美」にとらわれ、形骸化させてしまった「琳派」の作家たちと、光悦、宗達とは、その点で根本的に違う存在なのだ。

だから小林は言う。

「琳派という名は悪い名である」。

どこから見てもこんな風には見えない？
鉄斎《富士山図屏風》
1898　紙本着色　六曲一双屏風　清荒神清澄寺　撮影：広瀬達郎（左も）

富岡鉄斎

Tomioka Tessai
1837~1924

大好きだった鉄斎翁

一九四八（昭和二三）年秋、小林は宝塚の清荒神を訪ね、住職の坂本光浄氏のご好意で鉄斎の作品を見せてもらった。驚いたことに、小林は四日間ぶっ通しで、朝から晩まで二五〇余の鉄斎の作品を見続けたという。のみならず、帰路、今度は京都の富岡家に立ち寄ってまた二日間続けて作品を見たそうだ。

清荒神では、「早朝から坐り通し、夜はヘトヘトになり、酒を食らって熟睡した。何一つ考えず、四日間ただ見て見て、茫然としていた」のだという。

このとき、鉄斎六三歳の作といわれる富士山を描いた屏風もじっくりと見ることができた。その感動を綴る小林の言葉は、彼には珍しくとてもダイレクトな表現で綴られ、しかも一点の作品についてこれほど詳細な記述を残していることでも珍しい。

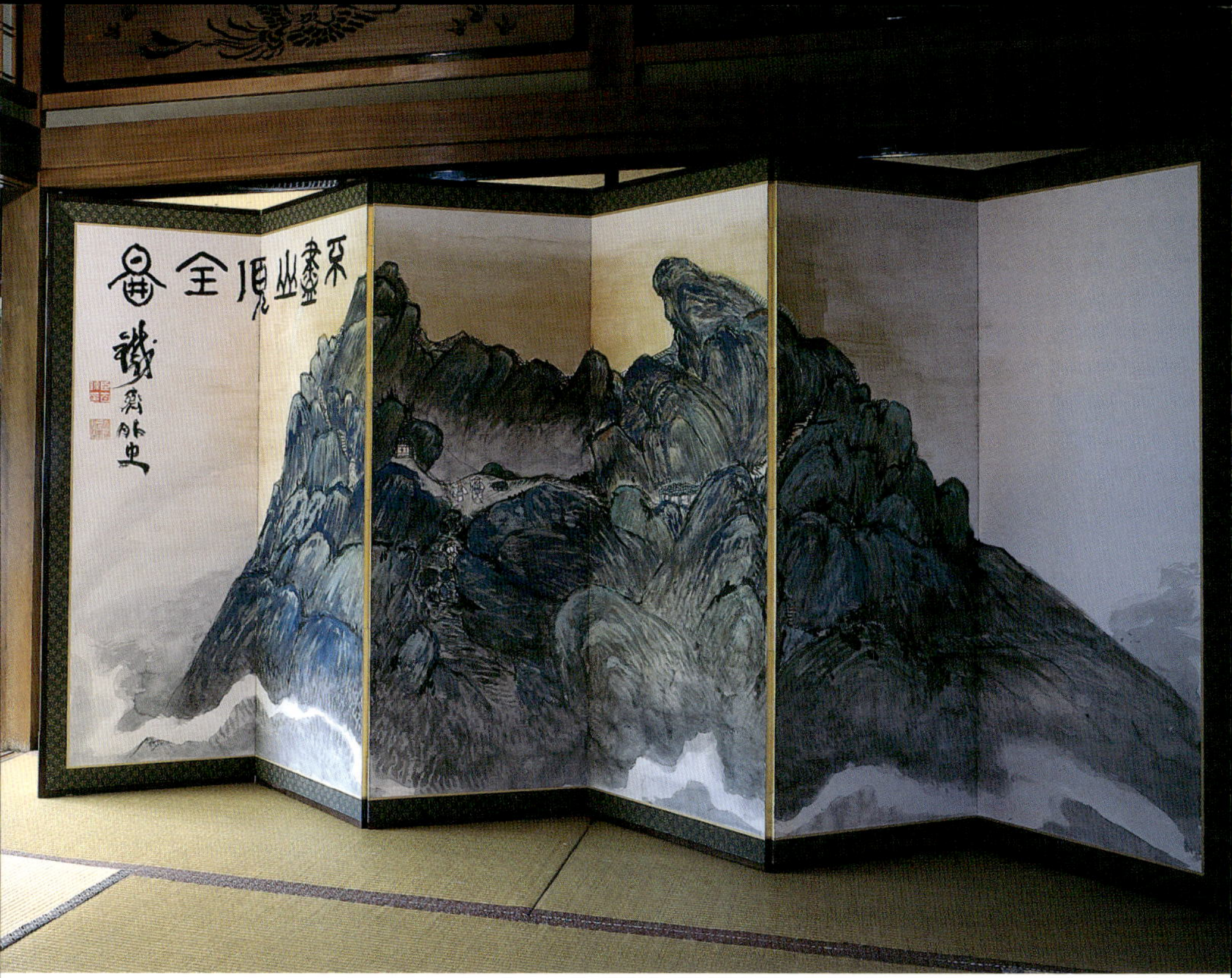

御鉢巡りをする四人は池大雅と韓大年、高芙蓉、そして鉄斎自身か。
鉄斎《富士山図屏風》
1898　紙本着色　六曲一双屏風　清荒神清澄寺

私は、富士の大屏風を、三時間以上も眺めていた。これはもう紛う事のない鉄斎である。言わば鉄斎の誕生の様な絵だ。……富士は、六曲いっぱいに描かれているのだが、富士の遠望でもなければ、麓から見上げた富士でもない。何処から見ても決してこんな風に見る事は不可能な富士である。麓の方は、原始林に覆れているのだが、これは群青色の大きな点苔《てんたい》で、ベタベタと一面に塗られて、俵藤太のむかでではないが、富士を一と巻きしている怪獣の鱗の様である。望遠鏡を持って愛鷹山《あしたかやま》にでも登ったら、富士を取巻く原始林は、こんな風に見えないとも限らない。ところが、よく見ると、その中に浅間神社がある、赤い鳥居があり、参道があり、御土産屋があり、参詣人が歩いており、これはどうしたってお参りしなければ見えない光景である。原始林の上には、金泥を交えた白雲が走り、その辺りから、富士は、北斎風に、グッと勾配を高め、鉄斎は、異様な線条を用いて、山肌を描く。これは東洋画の伝統の如何なる流派の線でもない。何んであれ、円錐体を描こうとする時、子供が本能的に引く線に似ている。薄墨にやや茶色をさした色合いで、筆にたっぷり含ませたのが、大胆に、或は、慎重を極めて運動する。富士に限らず、高山に登った経験ある人なら誰でも知っている、あの山頂近くで感ずる圧倒される様な山肌の感じである。あれにそっくりだ。私は屛風を眺め乍ら、八合目辺りまで登った気である。すると驚いた事には、頂上に通ずるジグザグの道が、ちゃんと描いてある。途中の小屋まで描いてある。頂上の背景は、金泥の空だ。純白の富士の頂を、紺碧の空の中に見据えていると、屢々《しばしば》、紺碧の空を金泥と感ずることがあるものだ。或は、真っ白に輝いている頂きから、雲とも雪煙りともわからぬものが、静かに晴れ渡った空に棚引くのを眺め、頂上には異常な強風が吹いているのを感ずると、白煙のなかに金粉が躍る様に思われる事もある。鉄斎の用いたのは、そういう金色であって、琳派の金泥とは関係がない。頂上の辺りの描き方は実に美しい。鋸歯のアウトラインは異様に乱れていて、まるで空の金色に襲われている様だ。背景に空があるのではない。山は大気に抗して立っている。

片方の六曲は、山頂之図で、これも飛行機からでも見下さないと、とてもこうは見られぬと言った図である。青緑白緑をふんだんに使い、巨岩怪石が、白雲の上でひしめき合っている。まことに破格な造型で、富士という山の構造に関する一種の感覚と言った様なダイナミックな美しさがよく現れている。(鉄斎Ⅱ)

小林が富岡家より譲り受けた、お気に入りの絵。
鉄斎《二僊授受図》 1924 紙本淡彩 151×40.4 清荒神清澄寺

この屏風の讃に、池大雅と韓大年、高芙蓉が三人連れで富士山に登ったと書いてある。しかし、絵には四人の姿が見える。「もう一人は誰だろうと思い、なるほど鉄斎、あれは自分の積りで描いたのだと納得すると、見ていていかにも楽しかった」と、小林は無邪気に楽しんでいる。

実際、小林は鉄斎の作品を多数所蔵し、折にふれて家にも掛けていた。また鉄斎について書いた文章も多い。しかしその論調は、「近代絵画」で印象派の画家たちを論じた文章とは打って変わって、ほとんど手放しで、この老画家の無邪気とも見える画業を楽しんでいる。

……鉄斎先生は、晩年、書物がだんだん多くなり、画室に積み上げているので、紙を拡げる場所もなくなった。片附けるのも面倒な時には、巻いた紙を拡げ乍ら上の方から描いて行き、巻き乍らだんだん下の方に移って行く。これを繰返している内に絵が仕上ったそうであるが、未だ乾かないのを巻いたり拡げたりしているうちに、紙が折れて墨がにじみ、妙な横線が現れて来る。何しろ盛んな筆勢であるから、余計な線も一向気にかからぬ。この絵にはもう一本余計な線がある。これは確かに筆で描かれたものだが、硯から筆を画面に移す時、先生は、空を横切って山頂にかけて、鮮やかに一本線を引いて了った。余計な線などいろいろ出来て、鉄斎先生は、この図は大変よく描けたと得意だったそうである。ところが、犬が上って来て机の上に放ってあった絵の、鉄斎の鉄のところをなめて了った。犬になめられては、人に渡すわけにもいかず、鉄叟蔵という印を捺《お》して保存してあったのを、私は強《た》って富岡家から譲り受けた。晩年は、まあそう言った画境であるから、讃にはいろいろ難かしい説教もしてあるだろうが、読めなくても絵の鑑賞には差支えあるまいと考えている。
（鉄斎Ⅲ）

これは本人旧蔵の《二僊授受図》についての記述だが、まるで身内の老人か、あるいは破天荒な師匠を語る弟子のような親密さに満ちている。小林にとって鉄斎は、ちょっと手に負えないおじいちゃん、みたいな存在だったのだろう。

Museum Information

鉄斎美術館
http://www.kiyoshikojin.or.jp/tessai/
- ✤住所……兵庫県宝塚市米谷字清シ1番地 清荒神清澄寺山内
- ✤電話……0797-84-9600
- ✤FAX……0797-84-6699
- ✤開館時間……10:00~16:30（入館は16:00まで）
- ✤休館……毎週月曜（祝日と重なる場合は火曜）、盆、年末年始
- ✤入場料……一般 300円　高校・大学生 200円　小・中学生 100円
- ✤特徴……富岡鉄斎の初期から晩年までの名作を所蔵
- ✤アクセス……阪急宝塚線「清荒神」駅下車

梅原龍三郎

Umehara Ryuzaburo
1888~1986

梅原氏の作品（一九〇八年——一九六〇年）百余点の展観があって、見た。もし、一枚やると言われたらちょっと迷うな。五枚くれると言われれば、あれと、あれと、それから、と立ちどころに決まるがな、そんな空想をしながら、会場をぶらぶらしていた。私には、それでもう充分であった。批評的感想を求められたが、それは骨が折れる動きのように思われた。柔らかになって、楽しんでいる精神を、こわばらせてみないと、批評的感想など、浮んでこないような気がした。そんな風に、ありのままの感じを言う事が、既に、梅原という人の作品を、幾分語る事であろうか。（梅原龍三郎展をみて）

魂をときほぐす和音

これは新聞に掲載された展覧会評なのだが、めずらしく端から批評することを放棄して、楽しんでいる小林の姿が見える。ここで小林は「絵に取巻かれて、自分の生を、絵を見るように見る、そう誘われた」とまで言っている。梅原の絵は、よほど小林の眼に心地よかったようだ。

小林は梅原と親交があり、梅原の作品も何点か所蔵していた。そんななかの一点、「北京作品集」の見返しに使われた「古赤絵の鉢を模様風に扱ったもの」を、長く書斎に掛けていたという。

私は、自分が音楽が好きな為とばかりは思えないのだが、梅原氏の絵の色調には音感を強く刺激して来るものがある事を、常々感じ、これは、この画家の天賦の色感の非常な純粋性に由来すると考えていた。古赤絵が模様風に描かれているところから、モデルの実体性の制約を離れているせいで、梅原氏の色彩の蔵する音楽性の極限が出現したように見えたのである。（梅原龍三郎展）

『北京作品集』（1944年　石原求龍堂刊）の見返し。書斎に掛けていて、盗まれた絵とは、絵柄が違う。たぶん、小林は勘違いしていたのだろう。

ところが、この絵は、終戦間もないころ、泥棒に盗まれてしまったのだそうだ。それっきり、見た人もないから、今もどこかで秘蔵されているのかもしれない。

一九五八年の或る日、パステルの速写によって捕えられたカンヌの夕焼けを、写生帖から、別けて頂き、掛けている。眺めていると、画才が突如として楽才に

誰が見ても文句なく美しい、そこに梅原の魅力がある。
梅原龍三郎《北京秋天》
1942 油彩・カンヴァス 88・5×72・5 東京国立近代美術館

「梅原龍三郎」より

朝が来る毎に長安街は新しく生れた。
或る日すばらしい曙が来て、
秋空は画面の中程までも下りて来た。
女達は、緑のなかにある赤い屋根の下で、
めいめい捥ぎ取ったばかりの
「薔薇の花」を、大きな手で掴んで、
身動きもせず眼を据えて、森や山や街と
一緒に昇天する期を待っているだろう。
画家の姿も見える。
彼は、たった一人で無限の前で
手を振っている様な様子をしている。
彼の独語さえ聞えて来る様だ——
もし、あの紺碧の空に穴を穿《うが》ち、
向う側にあるものが見られるなら、
どんな視覚の酷使も厭《いと》うまい、と。

変ずる趣が感受され、燃え上る空は、管楽器が織りなす和音となって鳴るようだ。（梅原龍三郎展）

画面から音楽を感じ、その音に小林の魂が共鳴する――これはセザンヌの絵を見たときと同じ感覚だ。

二人の対談から、パステル画について、語っているところを引いてみよう。

小林　ぼくは梅原さんのパステルというのは好きだな、とっても動きがあって。梅原さんはいつでも自然を見てお描きになるんですね。

梅原　そう。やはり一つは習慣でね、見て感激を表現したいといったような状態にならないとね、なんだか勢いづけられない。そうでないとね、何か考えて、結局、デタラメを描いちゃったりしてね。何か自然という対象があると、それが一つのブレーキになってね、思い切ったこともできるし、そう踏み外すこともないんじゃないかと思う。

小林　まあ、一種の精神統一法ですな。
梅原　そうなのかも知れない、それは。
小林　写生っていうことじゃないですね？
梅原　写生といえば、ちょっとちがうんじゃないかと思うな。ただね、美しく見たものを現わそうという、写生は写生でも、感覚の写生でね、物質の写生じゃないんだと思うな。
小林　やっぱり、そこはセザンヌ流ですな。（美術を語る）

この対談から五年後に、冒頭の感想を書いた展覧会が開催されている。そして、この新聞評の最後は、こんな言葉で締めくくられている。

いつか梅原氏と話していた時、何故モデルというものが必要なのですかと尋ねたら、精神統一のためだと梅原氏は答えた。梅原氏にならって言ってもよい。何故、絵を見るか。精神統一のためだ。
（梅原龍三郎展をみて）

写生帖から分けてもらった愛蔵のデッサン。
梅原龍三郎《カンヌ夕景》 1958　パステル　22×62.5　個人蔵

奥村土牛

Okumura Togyu
1889~1990

「私は写生をしている間が一番楽しい。それは、無我となり、対象に陶酔出来るからである。短い時間に、その時の心境が恐しいほど現われる。それが重なって制作につながってくるのである」。

奥村土牛の画集「土牛素描」のあとがきに書かれたこの画家の言葉に、小林は深く心を打たれた。この画家にとって、素描は制作のための下描きではない、素描は素描として完結している。

……奥村さんにとって、素描とは、物の形ではなく、むしろ物を見る時の心境の姿という事になる。更に言えば、物に見入って、我れを忘れる、その陶酔の動きから、おのずと線が生れ、それが、無我の境に形を与える、そういう線の働きという事になるようだ。（「土牛素描」）

「近代絵画」で、同じようにデッサンについて語ったドガの章で、「デッサンは物の形ではない。物の形の見方である」というドガの言葉を引いている。描線に対する画家の厳しさは同じなのだが、それを描写する小林の文章から受ける印象が、まるで違うのはどうしてだろう。ひたすら禁欲的に、自虐的になっていくドガ、「無我の境」の陶酔の中から生まれる土牛の描線……。それは、東洋と西洋の思想的、文化的背景の違いのせいなのだろうか。

いや、小林の感覚が土牛の描線に無理なく共鳴したということだろう。小林は

呼び覚まされた桜の記憶

土牛の絵葉書を長く玄関に飾っていたし、代表作の『本居宣長』の見返しを飾ったのも、土牛が描いた山桜の絵だった。

桜の絵については、特に親密感が増す。

最近の制作「醍醐」は、名作として、よく知られているが、この独特な魅力は、何処から来るのだろうかと眺めていると、おのずから、素描という画の源泉に導かれて行くような気がして来る。その軽やかな、澄んだ色彩は、描線を真似て、純粋に、透明になろうとしているように見えて来る。素描に、色彩が加わるのではなく、素描が、色を目覚ますと言った感じである。描線によって区切られた空間、これは拡りよりもむしろ奥行きを感じさせるが、其処に、描線は、物が昇華して透明になったような色を、奥の方から浮び上らせているように見える。（「土牛素描」）

素描集の中でも、特に小林の心を捉えたのは、やはり桜の画だった。

色を目覚ます素描の力が土牛作品の魅力。
奥村土牛《醍醐》 1972　紙本彩色　135.5×115.8　山種美術館

桜の記憶を呼び覚まされた素描。
奥村土牛《淡墨桜》 素描 奥村土牛記念美術館

素描集には、根尾の淡墨桜が描かれている。私は、この名高い彼岸桜の開花を見た時、非常に強い印象を受けた。樹齢千年を越えると伝えられる老木の幹は巨巌の如く、そこから枝は四方に延び、細分して、網の目のように空を覆うところで、いかにも老木らしい小粒な、淡い花が、満開であった。それは、梢の黒い細線を、一面に透かし、まさに淡墨を流した風情に見えたのに驚いた事がある。その記憶を、奥村さんの素描は誘い出した。私の方から、決して、思い出など、勝手に、持ち出したわけではない。巨木の幹から枝へと、見上げるように動く鉛筆の描線は、梢に到って、そのまま延び、色づき、散乱し、薄っすらと淡墨の風情を喚び覚ます。（「土牛素描」）

どちらが思い出の桜で、どちらが素描の描写なのか、書いている小林自身にも、どこか判然としなくなってしまっているかのようだ。

地主悌助

Jinushi Teisuke
1889~1975

す入りの大根

地主悌助の絵は、現代風に言えばスーパーリアリズム、である。ピカソの「わからない絵」とは、まったく正反対の、そのまんま、だ。

地主さんの最初の個展が、京橋の丸善であった時、大根を三本描いた絵を美しいと思って買った。書斎にかけて、見ていたが、家内に「どうだ」と訊ねたら、「おや、この大根二本はすが立っている」と言った。愚にもつかぬ話を持出すようだが、写生写実と呼んでいい地主さんの画風は、言ってみればまあそれほど徹底したものだ。今日に至るまで少しも変らない。その一貫性には驚くべきものがある。（地主さんの絵Ⅰ）

「近代絵画」で、「わからない絵」の解析に全力で立ち向かった小林の眼に、この「ただ見えるがままを写しているに過ぎない」「自然は在るがままで充実していて、これに修正を加えるなどという事は出来るものではない」という態度は、いっそすがすがしく映ったのだろう。

写実を、カメラに、すっかり任せて了った現代の絵画は、絵画の世界という独立国のなかで、驚くほど多様な審美的機能の発明を競っている。私は、絵が好きだから、面白く見ているが、その最も面白いもの、美しいものにも、疲労を覚える事が屡々である。恐らく、これは、実物の世界に抗敵せんとする画家の苦しい意識のうちに、私が、知らぬ間に捕えられている為だろうと思われる。この点で、地主さんの絵は全く反現代的である。（地主さんの絵 Ⅱ）

昭和四六年、日本芸術大賞の選考委員を務めていた小林は、別の候補を推して譲らない川端康成に対し、例年になく強硬に対抗して地主を推し、この年は地主が受賞することになったという。

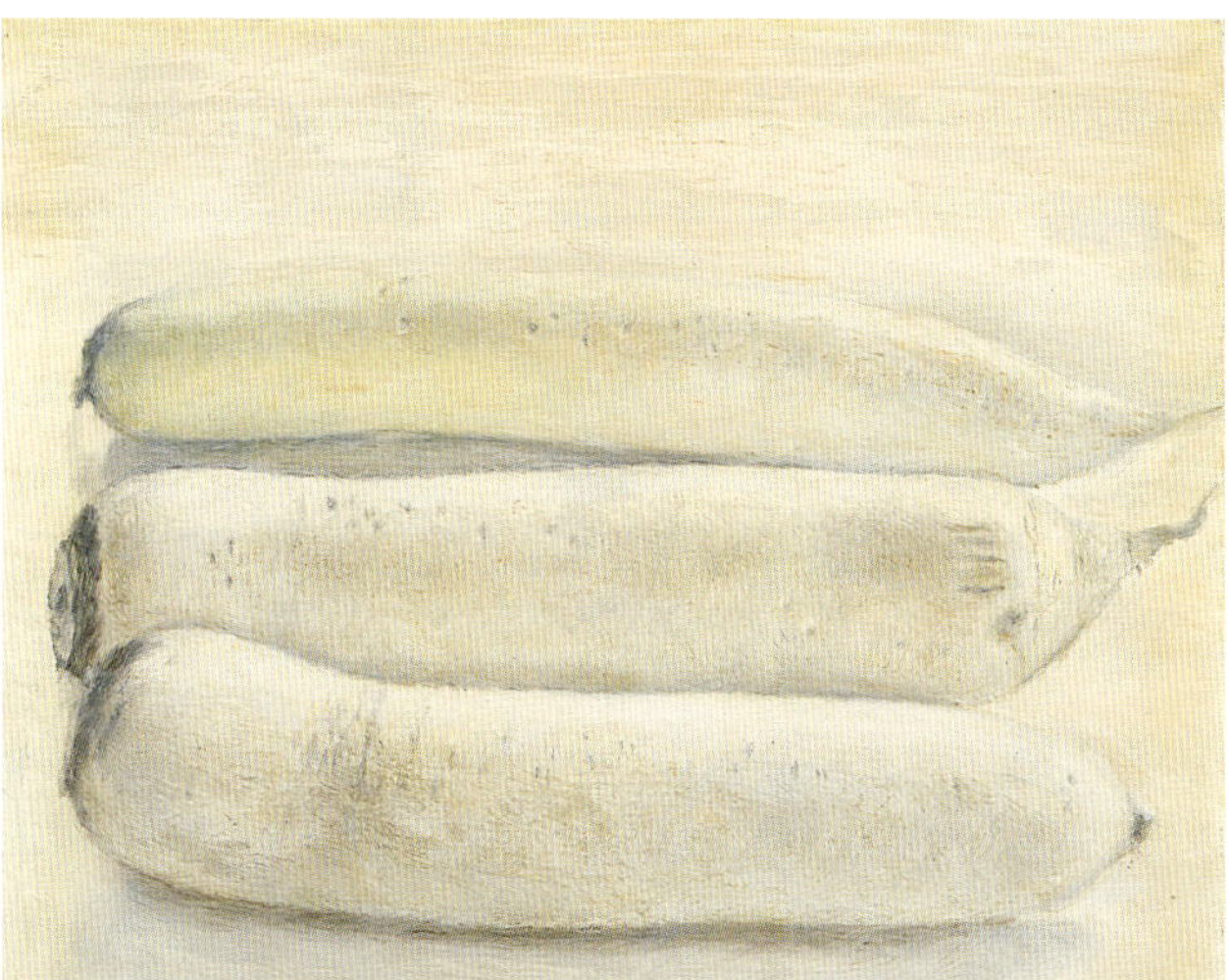

この大根にはすが立っている!?
地主悌助《大根》 1955 油彩・カンヴァス 42×60 個人蔵

骨董交遊録

青山二郎
秦秀雄
瀬津伊之助
白洲正子
吉川英治
柳孝

青山二郎

Aoyama Jiro
1901~1979

美術評論家・装丁家

小林秀雄に〝狐〟をつけた盟友

ある日、その友人と彼の知合いの骨董屋の店で、雑談していた折、鉄砂で葱坊主《ねぎぼうず》を描いた李朝の壺が、ふと眼に入り、それが烈しく僕の所有欲をそそった。吾ながらおかしい程逆上して、数日前買って持っていたロンジンの最新型の時計と交換して持ち還った。どうも今から考えるとその時、言わば狐がついたらしいのである。（骨董）

これが小林に「狐がついた」最初の体験だと言われている。この文に「非常な焼き物好き」の友人として登場するのが、この後も小林の骨董買いに大きな影響を及ぼした青山二郎だ。以後、小林は数知れぬ骨董に出会い、求め、また手離すことになるのだが、この李朝の壺が、記念すべきスタートの一品である。

小林は、「骨董という文字には一種の魔力があって、人を捕える」という。

骨董と聞いて、いやな顔をする人だって同じ事だ。相手に魔力があればこそだ。骨董という言葉が発散する、何とも知れぬ臭気が堪《たま》らないのである。だから、骨董という代りに、たとえば古美術などといってみるのだが、これは文字通り臭いものに蓋だ。骨董という言葉には、器物に関する人間の愛着や欲念の歴史の目方が積りに積っていて、古美術というような蓋は、どうも軽過ぎる気味があるようである。しかし、現代の知識人達は、ほとんどこのことに気づいていない。彼等は美術鑑賞はするが、骨董いじりなどしないからだ。これらの二つの行為はどう違うか、骨董いじりを侮り、美術鑑賞において何ものを得たか、そういうことを、ほとんど考えてみようとしないからである。（骨董）

そして言う。「骨董はいじるものである、美術は鑑賞するものである」。

実際、小林は買い求めた徳利や盃を「鑑賞」するのではなく、いじって、つまり日々の晩酌に愛用していた。

もちろん、失敗もたくさんあった。

或る時、鎌倉で、呉須《ごす》赤絵の見事な大皿を見付けて買った。私の初めての買物で、呉須赤絵がどうこういう知識もあろう筈はなく、ただ胸をドキドキさせて持ち還り、東京で青山に話すと、図柄や値段を聞いただけで、馬鹿と言った。見る必要もないと言う。そんな生ま殺しの様

骨董の盟友、青山二郎。
撮影：松藤庄平

小林が一目惚れした記念すべき最初の買い物「葱坊主」。
《鉄絵花瓶》　李朝初期　高33.5　益子参考館
撮影：野中昭夫

青山二郎の「掘出し物株式会社」で買った盃。
《無地唐津盃》 桃山時代　高4・5　個人蔵　撮影：野中昭夫

な事では得心出来ないから、無理に鎌倉まで連れ出したら、思った通りの代物だと言った。日頃、文学の話ではいつも彼を凹ませているので、この時とばかり思ったらしく、さんざん油を絞った挙句、するなという独り歩きを生意気にやるからこういう事になる、鑑定料に支那料理でもおごれ、と横浜の南京町まで連れて行き、焼き物だと思って見くびるな、こら、といい機嫌で還って行った。（真贋）

小林は、悔しくて眠れぬ夜を過ごし、何度も起き出しては皿をとり出して眺めてみるのだが、見れば見るほど美しく、どこが悪いのかまったくわからない。「この化け物、明日になったら、沢庵石にぶつけて木ッ端微塵にしてやるから覚えていろ」と悪態をつくかと思えば、「思い切って焼き物なんか止めちまおう」とまで思いつめ、結局、翌日には「壺中居」に持ち込んで、「もう二度と見るのも厭だ」と手放してしまった。

実は、この皿は「イケないもの」ではなかったそうで、「青山が、どうしてあの時あんな間違いをしたか、今だにわからない」と後に語っている。それにしても、この悶々として明かした一夜、「天才批評家」とはまるで別人のような小林の姿が目に浮かぶようではないか。やっぱり骨董には「魔力」があるのだ。

青山二郎との骨董にまつわる逸話はたくさんあるが、こんな話を小林は書きとめている。

彼は当時、掘出し物株式会社というものを空想した。俺の目で睨めば、東京の骨董屋だけでも、掘出し物なぞごろごろしている。資金がないだけで、放って置くのは、全く勿体ない、と言うのが大真面目な彼の話なのである。私にも株を持てという。例えばこれが第一回の買物だ、と言って、この無地の唐津を見せた。「いやだよ、株なんて持つのは断るよ。その代り客の方へ廻る。会社だって客が無けりゃ困るだろう。品物は三倍で貰って置く」。それっきり会社は潰《つぶ》れた。（徳利と盃）

この無地の唐津の盃を、小林は二〇年以上にわたって愛用したが、後に白洲正子の手に渡っている。

秦秀雄

Hata Hideo
1899~1980

古美術評論家

やきものがとりもった眼敵との縁

青山二郎と並んで、小林秀雄の骨董を語る時、はずせないのが秦秀雄である。秦は北大路魯山人との親交が深く、旧星岡茶寮の支配人を勤めた人だ。

秦自身、小林との関係を「青山二郎の紹介でもなく、酒の上でもない。焼きものがとりもった縁であった」と言っている。昭和一三年ごろ、小林は「突然変異のように」焼ものに開眼し、秦の店を頻繁に訪ねるようになる。そしてさんざん焼きもの談義をかわし、酒を飲んで泊まっていった。

小林が生涯愛用した李朝羽毛目（刷目）徳利を骨董仲間の実業家、赤星五郎から譲り受けるきっかけとなった場面に、秦はたまたま居合わせた。小林の家にこの徳利を持参した赤星は、さんざん自慢していた。小林は懇願するように言った。「珍しいとか一本しかないとか、そんなことはどうでもいいことで、僕たちに興味はない」「つかいたい徳利なんだよ。そして飲みたい徳利なんだ。あずけて使わせなさいよ。いい味になるよ。」

秦秀雄
『骨董一期一会』
（1980年　文化出版局刊／
品切れ重版未定）より
撮影：田淵暁

小林秀雄が生涯愛用して手離さなかった酒器。
左から《黄瀬戸盃》桃山時代、《刷目徳利》李朝初期、
《井戸盃》李朝初期、《備前徳利》桃山時代、盆は黒田辰秋作
撮影：野中昭夫

こりゃ飲みたい徳利だよ」。

……小林さんが趣味や道楽やまた風流といった眼で物を見ている人でないことが手にとるようにわかる。そんな生やさしい眼ではない。

徳利にひきつけられた眼は鑑賞の域を超えてしまっている。小林さんの茶の間になくてはならないもののようであった。……せつない思いで物を見る、というよりも見ていてせつなくなる、こういう感情の動きを知らない鑑賞とは何だろう。そんなことをぼんやり考えているうちに、赤星さんは徳利をしまって、そそくさと帰って行った。（名著「近代絵画」の作者の眼）

この時の話は、小林自身も「徳利と盃」という文で書いている。そこには、後日、赤星が忘れたステッキを届けてやったところ、赤星は徳利を取りに来たのだと勘違いし、観念して、小林に譲ってしまったというオチがついている。

ともあれ、こうした小林の骨董にまつわる逸話には、直接に、あるいは間接的に、なにかしら青山二郎や秦秀雄が登場するのが常だった。

秦秀雄君の家で、晩飯を食っていると、部屋の薄暗い片隅に、信楽《しがらき》の大壺がチラリと見えた。持って行けよ、と壺は言っているので、鎌倉まで自動車に乗せて来た。どんな具合にだか知らないが、いずれ、秦君は勘定を附けにやって来るだろうが、この程度の壺は、ともかく一応は黙って持って還らないといけない。（壺）

こんな調子である。

この時に持って帰ったのが、写真の信楽大壺であったかどうか、そのあたりは判然としないのだが、小林はこの壺がとても気に入ったようだ。

私は、壺が好きだ。……古信楽の壺は、特に好きだ。その「けしき」が、比類がないからだ。「けしき」という言葉も面白い言葉である。これも、実体感、或は材質感のなかに溶けこんだ一種の色感を指して言うものだ。（信楽大壺）

信楽に旅した時、白い土と緑の赤松の風景を眺めながら、もし「ここで山火事があったら、灰かぶりの飛んでもない信楽の大壺が出来るかも知れない」などと、突拍子もないことを空想する。

「壺中天」という言葉がある。焼き物にかけては世界一の支那人は、壺の中には壺公という仙人が棲んでいると信じていた。焼き物好きには、まことに真実な伝説だ。私の部屋にある古信楽の大壺に、私は何も貴重なものを貯えているわけではないが、私が、美しいと思って眺めている時には、私の心は壺中にあるようである。（信楽大壺）

壺の中にもうひとつの世界「壺中天」が見える。
《古信楽檜垣文大壺》　室町時代　高37.7　草月美術館
撮影：野中昭夫

瀬津伊之助

Setsu Inosuke
1896~1969

古美術商

せしめた彫三島の茶碗で牛乳を飲む

小林は骨董の中でも特に壺や徳利、盃などの焼きものを愛したが、茶道具に関しては、あまり興味を示していない。というか、一歩引いてさえいる。

僕は、茶道の歴史などにはまるで不案内であるが、茶器類の不自然な衰弱した姿が、意外に早くから現れているところから勝手に推断して、利休の健全な思想は、意外に短命なものだったのではあるまいか、と思っている。しかし、茶道の衰弱と堕落の期間がいかに長かったとはいえ、器物の美しさに対する茶人の根本的な態度、美しい器を見ることと、それを使用することが一体となっていて、その間に区別がない、そういう態度は、極めて自然な健全な態度であるとは言えるのである。焼き物いじりが、僕にそのことを痛感させた。（骨董）

小林は「現代知識人の常」として茶人趣味などにはおよそ無関心であると断言しているが、利休の精神が徳利や猪口にも生きていることを、自分がいじってみることで実感している。

そんな小林が惚れ込んだ茶碗があった。近所に住んでいた瀬津伊之助のところで見た、彫三島の茶碗である。買うにはあんまり高価なので、普段ならあっさりとあきらめるところなのだが、この時はどうしたことか、「高嶺の花が気にかかり、何んとかして巻き上げる工夫はあるまいか」と毎日思い悩んでいた。

そんなある日、知人のところで食事をしていると、ひょっこり瀬津が現われ、例の茶碗の自慢を始めたからたまったものではない。

私は黙って酒を呑んでいたが、その内に何かのきっかけから、往生極楽院の千体仏の板画の話になった。私は以前、横浜で一枚買って持っていたから、それを言うと、そう、いつかお宅で拝見した、あれはいいものだと頻りに賞める。確かに一度見せた覚えがあるが、決して賞められる様な上物ではない。併しあんまり賞めるので、茶碗となら取代えるよ、と言うと、そりゃもうあれとなら結構だと言う。私は無論半信半疑であったが、信じて置く方が得であるし、ここで余計な口を利いては事を仕損じると思ったから、よし承知した、と帰途、彼の家に寄って茶碗を持って還り、翌日板画を届けさせた。（真贋）

雅陶堂主人、瀬津伊之助。

実は、瀬津は余所で見たものと勘違いしていたのだという。以前、大事にしていた醍醐寺の板画を人に取られてしまった経験があり、以来、板画というと冷静になれなかったのだとか。だからといって、瀬津は返せとは言わない。小林も「茶碗は貰っておくよ。無論金がないから払えない、出来た時には払う」と屈託がない。

最後まで持っていた茶碗だが、この時、瀬津からせしめたものかどうかは定かでない。
《彫三島夏茶碗》李朝初期　径19・9　個人蔵　撮影：野中昭夫

今ではもうろくな焼き物を持っていないが、この茶碗だけは大事にしている。尤も私は茶の方は不案内であるから、それで紅茶や牛乳を飲んでいる。（真贋）

茶碗にまつわるエピソードとして、秦秀雄、青山二郎の二人がそれぞれ書き残した話がある。

房総に、小林の熱心な読者だと言う軍人を訪ねた時の事。主人（秦の文ではその娘）がお茶を立てた。煙草を吹かしながら話に熱中していた小林は、「番茶を飲むみたいに」無造作にその茶を飲み干して、茶碗をテーブルに置き、また煙草を吹かし始めた。と、小林はその煙草の吸い殻を、今飲んだばかりの茶碗のまんなかに押し付けた。煙草は見事に茶碗のまんなかに立ったという。主人は怪訝な顔をしつつも、茶碗を下げて、また話に戻った……。

秦秀雄は「何か熱心に話をして夢中になっている小林さんは何も知らぬことである。……こういう仕事は何も小林さんはあわててしでかした事では無い。悠々と薄茶茶碗に飲み残した茶で煙草の火を消し、煙草を見込みにつっ立てる。それだけの話である」（悠々忘却）と言い、青山は「……無意識にやった迄のことだ。いつものデンである」としながら、先の彫三島茶碗で牛乳を飲むことと比較して、「……煙草事件の無意識の小林と、牛乳事件の場合の承知の上での小林を見ていると、訳こそ違え、茶碗の扱い方を知らなくもないのに相も変わらずである」と述懐している。

形にとらわれ、利休の美意識を忘れた茶道など、小林にとってはこの程度のものでしかなかった。いかにも江戸っ子らしい、型破りな茶碗論を、身を以って示しているではないか。

そんな小林だから、たとえそれが国宝の茶碗であっても、その舌鋒は鈍らない。

「喜左衛門井戸」という天下の名碗がある。この器には、馬子の喜左衛門の執念がついているだの、清正の毒殺に使われただの、忌まわしい伝説がつきまとっていた。それを面白がって買い取った松平不昧公が腫れ物で死に、その息子にも腫れ物が現れたため、不昧公夫人が孤篷庵に寄進した、といういわくつきの名器である。小林は、この国宝の名器について、「姿はまことに美しかった」と言いながらも、こんなふうに書く。

喜左衛門の写真顔は立派だが、内側は過熱で肌が荒れて醜く、目跡はなく、一つ目小僧の目の様に、茶溜の釉が飛んだと言うより剝《はが》れている。胴中には大きなヒッツキがある。率直に見ればただ掘出しのジョボタレ井戸である。（真贋）

さんざんな言い方だが、もちろん、その美しさもきちんと見ている。

馬子の伝説をまとう国宝の茶碗。
《大井戸茶碗　喜左衛門井戸》　李朝初期　高8.9　孤篷庵
撮影：西川孟

ただその比類のない彫刻美が曲者《くせもの》で、恐らくそれが喜左衛門が馬子まで落ちぶれても離せなかった魅惑であり、彼の執念を、世人の常識的鑑賞を排して買って出たところに不昧公の見識があったので、又恐らく彼の見識とは、欠点のない井戸を沢山持って、あれでもないこれでもないの末の贅沢である。大鑑賞家のアイロニイであって、伝説はやはり正しい意味を含んでいる。（真贋）

小林がここで問題にしているのは、名物についてまわる伝説のことなのだが、それにしても、天下の名物をこんな風に酷評しながら、最後は「併し、抹茶茶碗で牛乳を飲んでいる様な男の意見を、世の識者は尊重するには当らない」と、さらりと身をかわしている。しかし、「抹茶茶碗で牛乳を飲む男」だからこそ、言えることではないだろうか。自らを「抹茶茶碗で牛乳を飲む男」という位置に置くことで、小林は茶道の世界を斜に眺める自分の立場を明らかにしているのだ。

ぶんどったり、ぶんどられたり、火花を散らしたライバル

白洲正子

随筆家

Shirasu Masako 1910~1998

私にとって、小林さんは文学の上では大先生であったが、骨董の世界では仲間だった。競争してぶんどったものもあるし、ぶんどられたものもある。

（十一面観音　磚仏　隋時代）

白洲は小林を偲んで、そう語った。

実際、骨董に関しては、お互い、火花を散らすライバルだったようで、どちらかが良いものを手に入れると、負けじとさらにいいものを探す、などということはしょっちゅうだったらしい。青山二郎、秦秀雄ら、共通の骨董仲間も交えて、お互いの間を行ったり来たりしたものも数知れない。

白洲が骨董を始めた頃、小林は「どうだい、少しは見えるようになったかね、では、値段をつけてごらん」と言って、ぐいのみを十ばかり並べたという。素人だから値段なんてわからない、と逃げる白洲に、「馬鹿野郎！　値がつけられないで骨董を買う奴があるか」と小林は怒った。白洲はあんまり恐かったんで、少々高い値をつけて難関を突破したのだとか。

白洲正子と小林秀雄。昭和30年頃。

今から思うと、小林さんはそれも見抜いていたに違いない。が、そこまで追及して、息の根を止めるようなことはしなかった。何か物をはじめたら、一応プロにならないと、自他ともに許せない、小林さんにはそういうところがあった。

（小林秀雄の骨董）

しかし、いつもいつも恐かったわけではない。ちょうど白洲が「芸術新潮」に「十一面観音巡礼」を連載していた頃の事。

……大和か紀州かどこか遠いところへ取材に行っていた先へ、小林さんから電話がかかって来た。

——お前さん、十一面観音に興味あるんだろ。鎌倉の骨董屋でちょっと面白い

ものめっけたから、とっといてやろうか。

それだけで私には大体どんなものだか想像がついた。骨董には阿呍の呼吸みたいなものがあって、たとえ片言でも解る時には解るものなのだ。（十一面観音　磚仏　隋時代）

その時、小林が「とっといて」くれたのが、中国の十一面観音の磚仏だった。この磚仏の写真は、後に白洲の著書『十一面観音巡礼』の表紙を飾った。

小林と白洲が共に愛したもので、ちょっと変っているのが鐔だ。

鐔は、日本橋にあった小間物屋、網屋の番頭の野田喜代重が、しばしば鎌倉まで持ってくるのを見て、小林は買っていたという。おそらく、白洲が鐔に興味を持ったのも、小林の影響だったのだろう。

本来、鐔は「骨董」とは筋が違い、「刀剣」趣味の中に含まれるものである。だから骨董好きが手を伸ばすことは珍しい。小林は刀剣そのものにも興味を持っていたようだが、「刀を持ち込むのを家人がひどく嫌うので、手を出さずにいるまで」だと言っている。しかし、刀の代りに鐔で我慢した、ということではあるまい。

刀剣を「いじる」には、それなりの技が必要だが、鐔はそんな面倒なことは要求しない。実際に手に取り、職人が施した技の跡を、自らの手の感触としてなぞることができる。もちろん、徳利のように実際に使うことは出来ないが、いじることで、その用の美を想うことはできる。

小林は鐔をいじってみて、鐔が応仁の大乱の産物であることに気づく。

人間は、どう在ろうとも、どんな処にでも、どんな形ででも、平常心を、秩序を、文化を捜さなければ生きて行けぬ。そういう止むに止まれぬ人心の動きが、兇器の一部分品を、少しずつ、少しずつ、鐔に仕立てて行くのである。やがて、専門の鐔工が現れ、そのうちに名工と言われるものが現れ、という風に鐔の姿を追って行くと、私の耳は、乱世というドラマの底で、不断に静かに鳴っているもう一つの音を聞くようである。（鐔）

当初、無骨な武器の一部品でしかなかった鐔に、様々な意匠が凝らされるようになっていく過程を想う小林の胸中に、戦国の世のイメージを膨らませたのは、やはり鐔そのものが持つ「美」の力であろう。

鐔についても、興味を持った以上、一通り研究せねば気が済まないのが小林だ。その結果、「まだこの世界は、調べが殆どついていない、つまり穴だらけ」であることを知るのだが、「ただ鐔の姿を見て好き好きを言う世界には、穴なぞ何処にもない」と、「幾百年の間、黙って見て見て見抜かれた世界」に、やきものにも通じる日本人の美意識を見出した。

鐔好きの間で、古いところでは信家、金家と相場が決っている。相場が決っているという事は、何んとなく面白くない事で、私も、初めは、鐔は信家、金家が気に食わなかったが、だんだん見て行くうちに、どうも致し方がないと思うようになった。花は桜に限らないという批評の力は、花は桜という平凡な文句に容易に敵し難いようなものであろうか。（鐔）

白洲正子『十一面観音巡礼』の表紙を飾った磚仏。《中国の十一面観音　磚仏》隋時代　7.7×5　個人蔵　撮影：野中昭夫

結局、小林は信家の鐔に行き着いた。「茶碗は井戸」というのと同じ意味で「鐔は信家」であり「井戸もそうだが、信家も、これほど何でもないものが何故、こんなに人を惹きつけるか、と質問して止まないよう」だとまで言っている。

平和が来て、刀が腰の飾りになると、鐔は、金工家が腕を競う場所になった。そうなった鐔は、もう私の興味を惹かない。鐔の面白さは、鐔という生地の顔が化粧し始め、やがて、見事に生地を生かして見せるごく僅かの期間にある。その間の経過は、いかにも自然だが、化粧から鐔へ行く道はない。（鐔）

鐔の最初の化粧は、鉄の地金に鏨で文様を抜いた「透鐔」であった。江戸時代初期、細

小林もどこかで眼にしていたかもしれない肥後鐔の逸品。
林又七《鐔　舞鶴透》江戸時代初期
径8.2　永青文庫
撮影：野中昭夫

川三斎の指導と奨励によって生まれた「肥後鐔」が、その代表的な存在だ。肥後鐔の中でも、林又七を祖とする林派は、透彫りと布目象嵌で知られていた。小林は、細川護立が持っていた、林又七の鐔が欲しくて欲しくてたまらなかった。だが、そう簡単に譲ってはもらえず、悶々としていた。

そんな話を耳にした白洲が、ひと肌脱いだ。白洲は細川家に赴いて護立に直談判し、ついに「売らないが貸すだけなら」といわせて、持ち帰ってきたのだった。

　この鐔は、しばらく小林の手元に置かれたが、護立が亡くなった時「借りたものだから」といって返したという。

　林又七の代表作に《舞鶴透》がある。これは、翼を広げた鶴の姿を、羽根の一枚一枚まで写した、実に美しい鐔だ。もちろん、小林もその鐔をどこかで目にしていた事だろう。

小林旧蔵の信家と金家の鐔。
金家作、髑髏柄の鐔（上）と、
信家作、瓢箪柄の鐔（下）
共に桃山時代　個人蔵

小林は、ここに引用した「鐔」の原稿を書いていた時、信州の高遠に桜を見に行った。そして、杖突峠の諏訪神社で、鷺の群れを眼にする。

そのうちに、白鷺だか五位鷺だか知らないが、一羽が、かなり低く下りて来て、頭上を舞った。両翼は強く張られて、風を捕え、黒い二本の脚は、身体に吸われたように、整然と折れている。嘴は延びて、硬い空気の層を割る。私は鶴丸透の発生に立会う想いがした。（鐔）

勾玉もまた、白洲と小林が二人で競ったもののひとつだ。

勾玉について、小林が書き残した文は見当らないが、鑑賞の対象というよりは、折に触れ、箱から出して触ってみる、いわば愛玩品のようなものだったようだ。

いくつか所蔵していた勾玉の中で、小林が「お天気勾玉」と呼んでいたものがある。三本足の黒っぽい勾玉で、ちょうど手のひらにすっぽりと納まる大きさだった。「この勾玉を持って行くとね、不思議と天気がよくなるんだよ」、そう言って、小林はゴルフに行く時など、この勾玉を無造作にポケットに放り込んで、時々触っては、その感触を楽しんでいた。

小林が勾玉に興味を持ち始めたのは、ちょうど「本居宣長」の執筆にかかったのと同じ頃だった。「古事記伝」から本居宣長に傾倒して行った小林が、その構想を練りながら、ポケットの中の、あるいはデスクの上の勾玉を撫でさする、そんな光景が目に浮かぶようだ。

そんな時、小林の魂の深いところに、勾玉の感触はなにかを語りかけはしなかったろうか。日本人が生み出した、意味不明ながら絶妙のバランスをもつ不思議な形、硬い石であるにもかかわらず、なんとも軟らかな手触り——そこに「大和ごころ」や「物のあわれ」につながる精神を感じ取った、と考えるのは、穿った見方だろうか。

鐔にしろ勾玉にしろ、小林の接し方は、ただ蒐めたり、眺めたりするだけではなく、手に取り、いじってみること、つまり「触れ事」であった。それは、やきものはもちろん、西洋の絵画を見つめる小林の眼にも共通する、「ものの見方」であるといえよう。

ゴルフに行く時、いつもポケットに忍ばせていた〝お天気勾玉〟。
撮影：野中昭夫

小林から白洲に受け継がれた硬玉勾玉。
撮影：後勝彦

吉川英治

Yoshikawa Eiji
1892~1962

小説家

吉川英治が亡くなった時、小林は形見分けに端渓の硯を贈られた。「簡素で、大変美しい石」で、これを機に習字でも習ってみようかと思い立った小林だったが、「思ってみただけの話である」。

その後、吉川夫人に会った際、御礼をいうつもりが、つい、本音を吐いてしまった。

「硯というものは、戴いても、私にはどうも具合の悪いものでしてね、ほんと言えば、私は、盃が戴きたかったんです」

これを聞いた夫人は、笑って盃を下さった。吉川が愛用していた三つ、瀬戸と志野とオランダのうち、どれでも好きなものを選んでよいというのだ。

小林は恐縮しながらも、遠慮はせずに、一番好きな紅志野のぐい呑みを選んだ。

取り替えてもらった形見の品

箱には、有明という銘があるが、無論、当の盃は、そんな思わせぶりな様子は、ちっともしていない。高台を除いて、ただ一面の見事な発色で、志野の好きな人なら誰でも知っている、あのこだわりのない、まともな明るさがあるだけだ。（硯と盃）

以来、小林の晩酌は、いつもこの紅志野になった。

私の吉川さんの思い出には、明るいものしかないのだし、思い出すのは、上機嫌な時に限るのである。（硯と盃）

吉川の遺墨集の刊行にあたり、見本刷りを見て、小林は吉川を偲ぶ。

絵にも書にも、吉川さんがにこにこしている。そろそろ盃に手が出る頃である。紐をほどきながら、酒はまだかあ、と言う。有明はいけない、一つ英治戯れに画くところの唐もろこしとでも改銘するかな、と思う。（硯と盃）

吉川さんの思い出には明るいものしかない。

硯の替わりにいただいた形見の盃。
《紅志野盃　有明》桃山時代　高4.2　口径8.3
個人蔵　撮影：野中昭夫

柳孝

Yanagi Takashi
1938~

古美術商

京都東山「古美術柳」にて。
撮影：松藤庄平

自ら選んだ墓石の五輪塔

鎌倉、山の上の家の庭に置かれていた五輪塔。
現在は東慶寺で、小林秀雄の墓石となっている。

小林は京都に行くと、いつも古美術商、柳孝の店に立ち寄っていた。最初の出会いは白洲正子の紹介だったという。当初「非常にとっつきの悪いおかたやな」と思っていた柳だが、親しくなるにつれ、すっかりお互いに意気投合し、この店で小林が買った骨董もたくさんあった。

何より好き嫌いがはっきりしておられて、たとえ美術品としていいものであっても、「これは私の趣味じゃない」と。それでお好きなものは、「いや、素晴らしい。いただきます」と即決で、本当に喜んで買ってくださいました。先生のお好みですか？非常に強いもの。それと洒落たもの。あとは繊細なもの。そういえば、白洲先生とよく似通っていらしたように思います。（小林先生と「真贋」）

小林は、柳の店に立ち寄ると、玄関に入ってすぐのところのソファに腰掛け、奥の庭を眺めていたという。ある時、そこにおいてあった五輪塔が、小林の眼をとらえた。それは鎌倉時代前期の「たいへんいい形」をしたものだった。

しばらく、五輪塔についてあれこれお話しになられてから、ぜひ、この五輪塔を譲って欲しいとおっしゃり、後日、鎌倉までお届けに上がりました。ご自分のお好きな場所からの眺めとの調和をお考えになられて、五輪塔を置く角度までこまごまとご指示なさいました。あのお庭からは、伊豆の大島が見えましたが、その景色に相応しいものを置きたいとお考えだったようで、気に入るものが、なかなか見つからなかったともおっしゃっていました。（小林先生と「真贋」）

鎌倉の「山の上の家」の庭で撮った写真には、この五輪塔が写っている。が、今は、別の場所にある。東慶寺。この五輪塔は小林秀雄の墓石となっている。

小林秀雄と骨董

青柳恵介
［古美術評論家］

日本橋の骨董店「壺中居」で、小林秀雄が葱坊主を描いた李朝鉄砂に「吾ながらおかしい程逆上して、数日前買って持っていたロンジンの最新型の時計と交換して持ち還った。どうも今から考えるとその時、言わば狐がついたらしいのである」（「骨董」）という、その狐がついたのが、いつのことであったか実際のところよくわからない。第四次『小林秀雄全集』の吉田凞生氏の編んだ「年譜」によれば、昭和十六年（一九四一年）の条の末尾に「この年の秋から、古美術（陶器・土器・仏画等）に親しんだ」とあり、これを踏まえた今度の第五次の『全集』の「年譜」でも昭和十六年の末尾に「この頃から古美術（陶器・土器・仏画等）に熱中する」とある。が、小林秀雄没年に出版された『白鳥・宣長・言葉』に付された郡司勝義氏の編んだ「年譜」では、昭和十三年五月の条に「明治大学教授に昇格、以後、いくたびか辞任を申出るが叶えられなかった。この頃から陶器に熱中し、当時、目黒茶寮にいた秦秀雄をはじめ、前年、壺中居を隠退した廣田松繁とその後をついだ甥の廣田熙、雅陶堂の瀬津伊之助らを知るようになり、終生、交りを結ぶに至る」とある。ちなみにこの「年譜」の昭和十四年には「この年、末永雅雄を知る。氏を通じてのちに中山正善、小林行雄、梅原末治を知るようになる。また、古代土器に熱中し始める」という記述も見える。

昭和十六年説、昭和十三年説の二つが並んでいるわけである。文献に根拠を求めれば、前者の根拠となるのは昭和十七年五月に「文學界」に発表された小林自身の『「ガリア戦記」』の次の文章である。

「ここ一年ほどの間、ふとした事がきっかけで、造形美術に、われ乍ら呆れるほど異常な執心を持って暮した。色と形との世界で、言葉が禁止された視覚と触覚とだけに精神を集中して暮すのが、容易ならぬ事だとはじめてわかった」。この「ふとした事」を「壺中居」での李朝鉄砂との出会いと理解すれば、「ここ一年ほどの間」から割り出し、昭和十六年のこととなる。しかし、第二次の『全集』の月報で、「壺中居」の廣田熙氏が昭和三十年に「葱坊主」と題し「小林先生との御附合いは確か昭和十三年頃からですから、もう二昔も前からである」と書き、つづけて李朝鉄砂とロンジンの懐中時計との交換の話を記しているのであり、これによれば昭和十三年ということになる。

三年ばかりのことはどちらでもよいではないかという声も聞こえて来そうだが、三十六歳から三十九歳の小林秀雄の内面の変化を考えると、簡単に詮索を放棄するわけにもいかない。また、日中戦争から太平洋戦争勃発に至る動乱の三年間にたびたび大陸を訪れ、歴史とは何か、歴史にどう向き合うことが文学者の正しい態度か、活動と観察を通してつきつめて考えた小林秀雄を思い浮かべようとすれば、歴史とか伝統とかいった観念のきわめて具体的な凝固物であるところの骨董と彼がいつ出会ったかという問題は、意想外に大きな問題であると私には思われるのである。煩瑣になるのでここでは傍証をあげるのを省略するけれども、結論から言うと私は昭和十三年のこととするのが妥当だと考える。さらに紙幅の余裕があまりないので先走って言うと、小林秀雄の骨董との「異常な執心を持って」、「言葉が禁止された視覚と触覚とだけに精神を集中して」暮した時期は、彼が現代文学に背を向け、古典文学に沈潜する時期と重なると考えるべきであろう。と言うよりも、古美術と古典文学とは二つのものではなく、一つのものとして、動乱の世に積極的に生きようとする小林秀雄を襲ったと言う方が適当かもしれない。昭和十七年に発表された「無常という事」の中に『古事記伝』を読んだ時も、同じ様なものを感じた。解釈を拒絶して動じないものだけが美しい、これが宣長の抱いた一番強い思想だ」という文章を見出すとき、「古事記伝」を読む机の横に置かれた縄文土器の姿や埴輪の顔を想像することは無意味ではあるまい。それらは「解釈を拒絶して動じない」形を彼に教えたであろうから。

話をもとにもどそう。昭和十四年六月に「文藝春秋現地報告」二十一号に発表された「慶州」という短い紀行文に注目したい。昭和十三年十月から十二月にかけて小林秀雄は朝鮮から満州への二度目の大陸旅行に旅立った。同行者は鎌倉在住の友人、彫刻家の岡田春吉である。「慶州」に「同行の岡田君」として登場する人物である。二人は釜山で林房雄と別れ、佛国寺に向う。佛国寺の石造の垣や橋や塔に感心し、その足で佛国寺の裏手の山に登り、石窟庵に入る。

「石窟庵の彫刻は、屢々写真で見ていたが、天井のない方形の前室から、天井を穹窿状に畳んだ円形の後室に這入って、巨大な台座に坐った丸彫りの釈迦像を見上げた時には、やはり驚いて了った。写真は、この美しさの幾分かを伝え

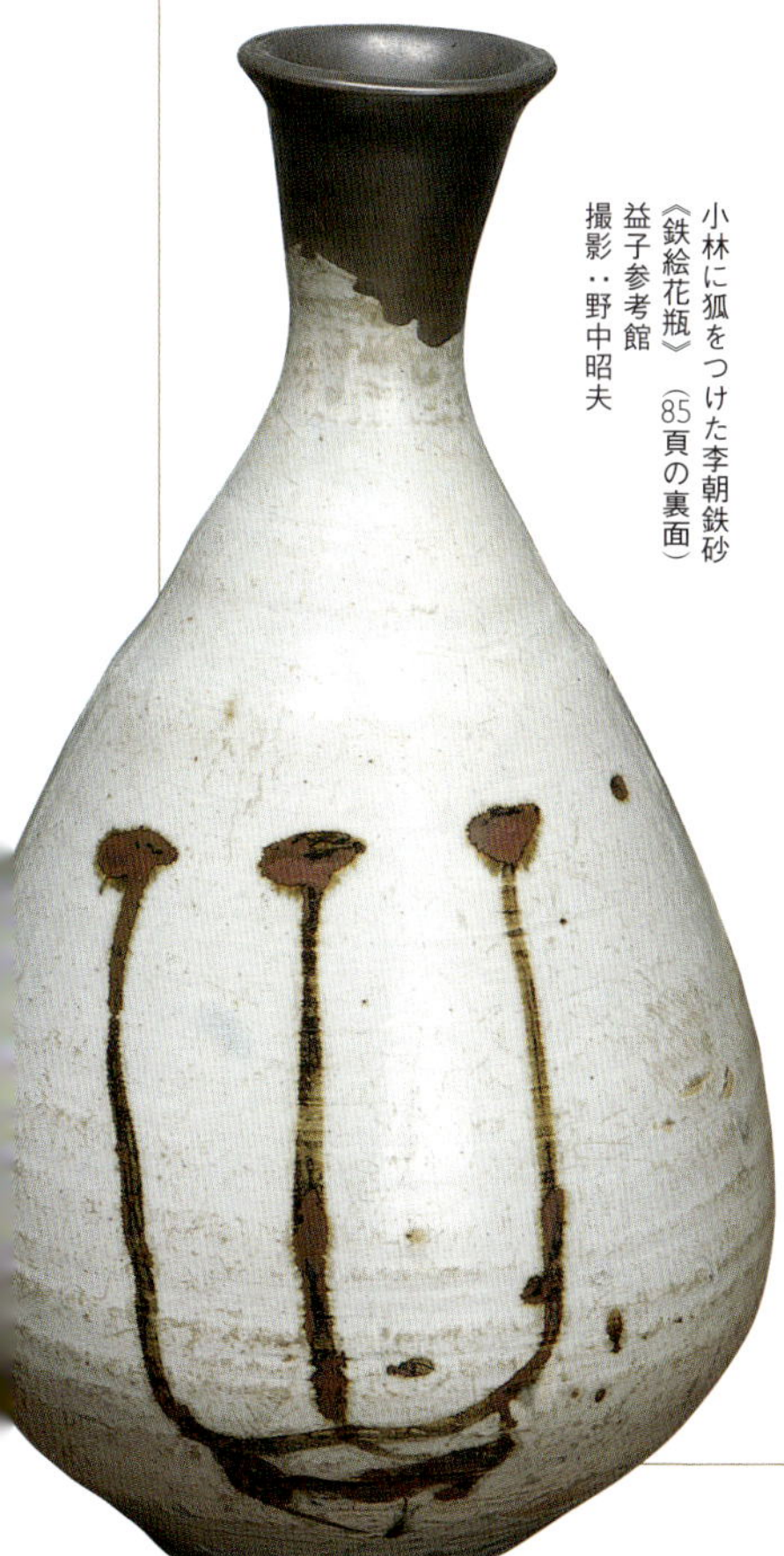

小林に狐をつけた李朝鉄砂《鉄絵花瓶》（85頁の裏面）
益子参考館
撮影：野中昭夫

慶州・佛国寺の紫霞門　撮影：宮寺昭男

ていたと言う風なものではない。全く新しい物を見る想いであった。

像は恐らく洗ったものであろう、真新しい様な石の生地で、唇には鮮やかに朱が塗られていた。この徹底した手入れは、時代のついた味という様な曖昧な魅惑を一挙に片附けて了った様に見えた。像にはそういうものは一切必要としない毅然たる美しさがあった。」

そして、釈迦像の周囲の壁面に彫られた比丘や菩薩の浮彫りに目を転じ、また本尊を見上げたりしているうちに「この狭い丸い部屋に充満して錯綜する美しさに次第に疲れて来た」と告白する。入口に出て煙草を吸っているうちに「何故美しいものを見てこんなに疲れるのかという質問がふと心に浮」かぶ。この質問に山を下りながら考え込む。

「こちらに欠けているものは解り切っている。それはあの彫刻家が持っていた仏というものだ。それは想像してみて近附けるという様なものではあるまい。仏はあるか無いか二つに一つだ。それにしても仏のない美、そんなものが一体考えられるか。では部屋に満ちていた奇妙な美しさは何なのか、確かに何かを自分はしかと感じていた。だから疲れたのだ。では何に疲れたのか。こちらに仏が無い事に疲れたのだ、それに間違いはない。すると、と先きを考えようとして、僕は言葉を失って了った。暗中摸索の思いで、しばらく道を下ると、突然エステティックという言葉が浮んだ。僕はいよいよ不機嫌になった」

石窟庵で圧倒的な石仏を眺めた目には、もはや慶州の風に靡くポプラの風景も脆弱に映る。「それは醜悪にさえ思われた」という。岡田氏から博物館に行こうと誘われるが「二流以下のものを見せられるのが、もう適わぬ気持ちであった」と書く。

この『全集』でわずか五頁の短いエッセイに、私は、晩年に至るまでの小林秀雄の美術に対する基本的な態度がはっきり現れているように感じる。第一は、「曖昧な魅惑」を排し「毅然たる美しさ」を求める目である。たとえば晩年の奥村土牛の素描の線の勁さを、彼がどのように語ったか、思い出していただきたい。抵抗感のない柔な対象を小林秀雄の目は受付けない。第二に、「二流以下のもの」に対する尋常ならざる嫌悪である。二流には二流の、三流には三流の味わいがあるというような態度こそ小林流に言えば精神の怠惰であり、鑑賞の贅沢である。そして第三に、近代以降、美の経験が何故かくも人に疲労のみを課し、快楽を与えないかという根元的な問いである。しかし、もちろんのことながら、これは単なる不快の表明ではなく、一流の「毅然たる美しさ」のみが人に与える疲労である。その強いられる沈黙の苦痛が強ければ強いほど人は創造のベクトルに向くという信念に基く問いである。だからこそ、以後の小林の美術論には、これでもかこれでもかという風に同質の問いが発せられるのだと思う。その際に小林秀雄が最も用心深く避けようとした陥穽が「エステティック」（唯美主義）という状況だったのであろう。あくまで日常の生活者として肉体に備わった感覚を通して美に決着をつけなければ嘘だという強い覚悟が見てとれる。既成の美学の誘惑を退ける態度は、唯美主義ほど自分と縁遠いものはないことを告げているように思われる。

石窟庵で小林秀雄が味わった疲労は、言葉を換えて言えば近代人の覚醒とも言い得よう。「仏はあるか無いか二つに一つだ」という所まで追いつめた結果の疲労である。ところが、たとえば昭和十六年一月号の「日本評論」に発表された「感想」というエッセーでは、この近代人の覚醒に対する意識の仕方に変化が見られるように思う。この「感想」には、江藤淳が「雄弁の底に隠されているデカダンス」（『小林秀雄』第二部）と呼んだ「過去というものは無いのだ。過去とは過去と呼ばれる信仰の意味だ」という一節が含まれているのだが、そこで、若き日に奈良の博物館で百済観音を見ているうちに突如、それが猥褻な感じだと思い、ボードレエルの日記の「痩せた女ほど猥褻だ」という文句が浮かび、ニヤニヤしている自分の顔が意識され、すべてが消えて「歴史の残骸の、グロテスクというより他形容の仕様のない木偶の群れに」囲まれた、そういうかつての経験が語られる。それにつづいて、

「以後、同じ性質の経験を繰返しているわけだが、それはもう嘗ての烈しさを持ってはいない。それはどういう性質の瞬間であるかを、僕が次第に理解したからである。嘗ては、そういう瞬間が、何か自分の精神の破れという風に感じられ、罪は当方にある様に思われたが、当方には何んの罪もない事が次第に解って来たからである。恐らくそれは言わば、自分の感じ得る孤独感と

唇に鮮やかな朱が塗られた佛国寺石窟庵の本尊釈迦像（左）と本尊を囲む天部・菩薩像（右）
撮影：宮寺昭男

小林が愛した李朝の陶磁より。
《粉引祭器》 李朝初期 高10
個人蔵 撮影：野中昭夫

いうものの限度である事を知り、従って、この孤独感を自分の生活のうちで馴致する術も次第に会得したが為である。」
と告白されているのである。古美術に向き合う現代に生きる自分、容易に過去と親和しない自分を意識した場合、それを私はかりに近代人の覚醒と呼んでみたが、小林は誰にも通用する一般の言葉は決して用いず、「自分の感じ得る孤独感というものの限度」と言っている。固有の孤独感は、それがデカダンスであろうとなかろうと「自分の生活のうちで馴致する」以外に方法はない。それは、過去を、あるいは歴史をどう捉えるかという観念の問題ではない。生活の工夫の問題である。

同じ年の昭和十六年六月に発表された「伝統」というエッセーの中で、小林秀雄は言わばその工夫を語っている。

「鑑賞という事は、一見行為を拒絶した事の様に考えられるが、実はそうではないので、鑑賞とは模倣という行為の意識化し純化したものなのである。救世観音の美しさは、僕等の悟性という様な抽象的なものを救うのではない、僕等の心も身体も救うのだ。僕等は、その美しさを観察するのではない、わがものとするのである。そこに推参しようとする能力によって、つまり模倣という行いによって」

ここで用いられている「模倣」という概念は実に魅力的な概念だ。一つの積極的な行為として使われているのであり、「エステティック」とは程遠く、自らがその「行い」の主体とならぬ限り、用いることのできない概念である。そして、この「模倣」こそ唯一の「孤独感を自分の生活のうちで馴致する術」と考えて差支えなかろうと思う。思えば石窟庵の山に上った昭和十三年の秋からわずか三年足らずで小林秀雄は随分遠い所まで歩いたものではないか。

性急な言い方になるけれど、魔的とも言うべき「孤独感」を、きわめて個的な「生活のうちで馴致する術」を小林秀雄は何によって会得したか、あるいは、一般にひたすら受け身なものと考えられている「鑑賞」を身心の行為としての「模倣」にまで「意識化し純化」し得たのは何によってなのだろうかという問いを発すれば、おのずからそこに骨董三昧の生活が浮かんでくるのである。その骨董三昧とは、「狐がつい

［上］
端正な無地李朝の魅力。
《李朝白磁瓶》 李朝初期
高20.6 個人蔵
［左頁下］
《李朝白磁小壺》 李朝中期
高9.6 個人蔵
撮影：野中昭夫（2点とも）

た」としか表現できないような、やはり一種魔的なふるまいが想像される。彼の骨董は「ドンドン買ってドン〳〵売らなければ、物が買えなかった」と青山二郎は言い、「お互いに『何々亭、何々斎』と言うアダ名を附け合ってた頃で『破産亭、半歳』と言うのが小林のアダ名だった」（「鎌倉文士骨董奇譚」）と伝える。

ところで小林秀雄は昭和十五年八月にも「文芸銃後運動」の一環の講演会のために朝鮮・満洲に出向き、昭和十六年十月にも朝鮮に講演旅行に出かけている。昭和十六年の朝鮮行の途次、彼は再び石窟庵を訪れた。自身ではその時のことを書き残していないが、河上徹太郎が次のように書いている。

「朝鮮は大勢で講演旅行に行ったのだが、釜山へ着くとすぐ二人で六時間汽車に乗り、慶州の佛国寺を訪れ、石窟まで登った。奈良に似た、柔いここの山膚にさす秋の陽を、私は未だに忘れられない。京城では、あの世界に誇る李王家博物館を整備した浅川伯教氏を、陋巷の鮮人街に訪れた。

《李朝白磁大壺》
李朝中期
高37.2　個人蔵
撮影：野中昭夫

平壌・咸興・清津を経て、朱乙の山中の温泉へ泊った時、活きた鰯の刺身を持って来て接待してくれた道の知事を、盃を持つ手つきからからみ始めて、散々やっつけたのを、一同小気味よく聞いた」（『わが小林秀雄』）

石窟庵の石仏をどのように再見したのか興味のある所だが、わからない。徹底的に再び見たに違いない。さらに浅川伯教を訪れたという一事が興味を引く。浅川の「陋巷の鮮人街」の家には数々の李朝の壺が転がっていたはずである。それを眺め、李朝の陶磁の話を彼から聞くために出向いたのだろうと想像される。浅川伯教とは初対面ではなかった可能性が高い。が、陶磁器に開眼して初めて叩く浅川の門である。青山二郎によれば「手を出し始めた一二年が、小林の苦業時代だった。何を見ても感じが来る。と言って、何でも出鱈目に間口を拡げて見て歩いたのではない。朝鮮の物を主として、いきなり無地の物から入って行く様に私の方で注意していた。模様の面白さは今に自然に解って来るし、当分ねぎ坊主一本で沢山という遣り方だった」（「小林秀雄と三十年」）という時期から脱け出ようとする頃のことだったと思う。

《李朝薬壺》 李朝中期
高15.7 撮影：野中昭夫

小林秀雄という人は、自分が関心を寄せた分野の専門家の門を直截に叩き、率直にその言を聞く人であったと思う。たとえば、この時期に縄文・弥生の土器、埴輪、もしくは上代の甲冑に関しては末永雅雄の言を聞き、本居宣長について話を聞くために大森に住む折口信夫の門を叩いた。私は昭和十六年の河上徹太郎との朝鮮行の際の浅川伯教訪問を李朝陶磁についての、そういった性質の訪問と想像する。ともあれ、朝鮮の陶磁は終生小林秀雄にとって最も親しく、またなつかしい骨董となるのである。

むぎわら倶楽部のメダル
撮影：野中昭夫

平家物語を愛読し、「絵模様ある弦走《つるばしり》の革切れだとか、黒漆の小札《こざね》だとか、そんなものを、道具屋から見附けて来ては持っていた」（『考えるヒント』「平家物語」）といった生活がここから始まる。青山二郎を大将にして、小林秀雄、島木健作、佐佐木茂索、廣田熙、やや遅れて秦秀雄、眞船豊が会員になって「むぎわら倶楽部」という会を作り、共同出資で高価なものを買ったり、仲間うちでのものの売り買いを通して、自分の目が、言わば社会性を持ち得るか否か確かめたりしたのである。小林秀雄が骨董に没頭したことを、はじめは銃後の運動に懸命であったにもかかわらず、太平洋戦争が近づくと、時局に愛想をつかして骨董弄りに逃避した、というふうなことを言う人がいる。時局に愛想をつかして行く小林を追う作業は今後も必要であろうが、骨董弄りは決して逃避ではなかった。一種の「姿」の獲得であった。それは、むしろ歴史に向き合う「術」であり、「行為」であったのである。

最後に、『考えるヒント』に収める「井伏君の『貸間あり』」に見える次の文章を読んでいただきたい。

「かつて、形というものだけで語りかけて来る美術品を偏愛して、読み書きを廃して了った時期が、私にあったが、文学という観念が私の念頭を去った事はない。その間に何が行われたか。形から言わば無言の言葉を得ようと努めているうちに、念頭を去らなかった文学が、一種の形として感知されるに至ったのだろうと思っている。私は、この事を、文学というものは、君が考えているほど文学ではないだとか、文学を解するには、読んだだけでは駄目で、実は眺めるのが大事なのだ、とかいう妙な言葉で、人に語った事がある」

この文章は冒頭に引いた昭和十七年の「『ガリア戦記』」から、そのまま続いているのである。

九重の飯田高原でハルリンドウを愛でる小林夫妻。撮影：溝口薫平

小林先生と由布院温泉

溝口薫平

［由布院温泉「玉の湯」主人］

「『由布院の温泉に、もう一度入りたいな』と、小林は何度も申しておりました」

受話器の向こうで、奥様は静かにおっしゃいました。先生のご葬儀が終わり、私がお悔やみのお電話を差し上げた時のことです。

入院されていた先生からも、突然、私どもにお電話をいただいたことがあります。「小林だがね……」というなつかしいお声に、感動のあまり受話器を持つ手がふるえました。「子供や孫、家族のみんなで由布院へ行きたいな。そうだよな。温泉にゆっくりと入りたいね」

由布院へお越しになると、先生は温泉によく入っておられました。「由布院の温泉に家族と一緒に入りたい……」涙が出るほどうれしいお言葉です。

先生が由布院へ初めておいでになったのは、昭和四十八年の秋、盆地の紅葉が美しい頃でした。それ以来、年に一、二度、春と秋、奥様、那須良輔ご夫妻、文藝春秋の郡司勝義さん、そして時には今日出海ご夫妻と由布院へいらっしゃいました。

世間一般の先生像とはまったく違って、由布院での先生は終始とてもおやさしくおだやかでいらっしゃいました。

昨秋、先生のお嬢様である白洲明子さんが、私どもの宿にお越しになられました。

「由布院は初めて来たというのに、私にはそんな気がしません。父と母がいつもお邪魔をしていたからかもしれませんね」

とお話しいただきました。これも私たちにとって宝物のようにうれしいお言葉です。

先生の思い出といえば、先生が初めてこられた頃の私どもの宿は、車が玄関の近くまで入れるようになっていて、狭い空間に人と車がゴチャゴチャになって、決して気持ちのいい第一印象とはいえない状態でした。

ふっとこのことを先生に申し上げると、

「それならば、道を狭くして、車が入れないようにすればいいんだ。そうだよ。道にはみだして木や草花を植えればいいんだ」

と教えてくださいました。

発想の転換とはまさにこのことで、さっそく宿の前面一帯をくぬぎや山桜の雑木林にして、まん中にせせらぎに沿った小径を作りました。私どもの宿のとても好評なアプローチはこうしてできあがったのです。

小林の助言で庭木を植えた宿のアプローチ。撮影：溝口薫平

温泉や料理もですが、先生は由布院の自然をこよなく愛してくださいました。しかし、先生は、由布院のことも私どもの宿のことも、どこかに書いたりお話になったりなどはまったくされませんでした。ある日、先生の方から突然におっしゃいました。

「溝口君、僕は由布院のことは書かないからね。僕がちょっとでも書くと、どっとみんなが押しかけて、この静かな自然も君たちの努力も、めちゃくちゃにされてしまうからね……」

小林が愛した由布岳。撮影：溝口薫平

そこでふっと口許をゆるめられ、「親戚の白洲正子もしきりと来たがっているのだがね、僕が連れてこないのはそのためなんだ。だって、白洲はすぐ書いてしまうだろう？」と笑みを浮かべておっしゃり、

「そのうち、僕が死んだら、あそこは小林が行ってた宿だとおのずと知られるようにもなって、すこしは役に立てる日もくると思うよ。それまで、待ってくれよな……」

由布岳の麓では、五月の新緑の中、薄紫の点となって鮮やかに咲いた山藤の花を、よく眺めていらっしゃいました。

九重の飯田高原では、可憐なリンドウの花を愛でていられる奥様の背中を、先生はなごやかなお顔で見守られていました。このほほえましい光景に、失礼を顧みず、私はカメラのシャッターを押してしまいました。そのように、機会があるたびに、私は先生のいろいろなお姿をカメラで撮らせていただきました。

私の持っている写真の一枚に、いまだ原生林の残る黒岳の麓で、ご夫妻と私の三人が並んで写っている写真があります。仲良く肩を並べられたおふたりから少し離れて、カメラを肩にかけた若い頃の私が少々緊張して立っています。

原生林の中の湧き水の池、男池のほとりに一本の巨樹があります。立ち止まり、先生は、じっと見上げておられました。何か思いに耽っておられるようでもありました。そんな先生の背後で、奥様が柔和なお顔で微笑まれていました。ご夫妻のお互いの思いやりに、私の気持ちはいつも限りなく温かくなり、偉大な方々のお側にいられる幸せにひたったものです。

「いつかまた、由布院を訪れて、小林と歩いた山里の小径を、巡礼のように歩いてみたいと思います」

お電話で奥様にいただいた最後のお言葉です。

巡礼のように歩いてみたい……私も奥様と同じ思いです。

先生のおかげで、私は多くの方たちとお知り合いになれ、たくさんのことを学ばせていただきました。先生が亡くなられて十九年、先生にいただいたかけがえのないこの大きな遺産を、次世代に渡していかねばと思うこのごろです。

今年も由布院の山里には、山藤やリンドウの花が、昔と変わらず美しく咲いていました。［「清春」第32号より］

七分咲きの桜を求めて花行脚

小林秀雄は桜を愛した。弘前城址、高遠城址、盛岡の石割桜、甲州・山高実相寺の神代桜……晩年は毎年、各地の古木、名木を七分咲きの頃を見計って訪ね歩き、自宅（鎌倉・山の上の家）の庭にも枝垂桜や普賢象、山桜など数株を植えて、春を楽しみにしていた。

本居宣長は、生前に自らの墓を設計し、そこに山桜を植えるよう、指示していた。小林の代表作『本居宣長』はそんな話から始まる。「しき嶋の　やまとごころを　人とわば　朝日ににおう　山ざくら花」の歌にしても、「この歌は先ず何をおいても、桜が好きで好きでたまらぬ人の歌」だと理解し、散際がいさぎよい日本精神などという解釈を一蹴している。小林が本居宣長を書こうとした動機の中に、同じ桜を愛するひとりの男の心に共鳴したということも、もしかしたらあったのかもしれない。

小林は、引っ越すごとに、庭に桜を植えていた。〝山の上の家〟には枝垂桜、普賢象など数本が今も残り、大きく枝を伸ばしている。最後に住んだ八幡宮前の家にも桜を植えていた。この桜は、出入りの植木屋とともに軽トラックに乗って植木の畑まで出かけ、畑の主人が実生から育てたものを、枝振りを一目見て惚れ込み、買ってきたのだという。この桜を中心にして、小林は庭をデザインした。その桜がなんという種類かも頓着せずに、ただ「枝垂桜」と呼んで、小林は愛した。

現在、この桜は清春の白樺美術館の敷地内に移植されて、「小林秀雄の桜」として来館者の目を楽しませている。

桜を求めて全国を歩いた小林だが、最後まで見残した桜があった。それは身延山・久遠寺の枝垂桜だった。亡くなった翌々年の春、夫人は娘とともに、遺影をもってこの桜を訪れたという。

Museum Information

清春白樺美術館

- 住所……山梨県北巨摩郡長坂町中丸2072
- 電話……0551-32-4865
- FAX……0551-32-2444
- 開館時間……10:00~17:00（入館は16:30まで）
- 休館……月曜（祝日の場合は火曜）
- 入場料……一般 900円　高校・大学生 800円　小・中学生 600円
- 特徴……白樺派が日本に紹介した西洋近代美術品の展示
- アクセス……JR中央本線「長坂」駅からバス、タクシー5分

鎌倉・雪ノ下の自宅に植えた枝垂桜。
この桜を中心にして自ら庭をデザインした。
現在は清春白樺美術館に移植されている。
撮影：菅野健児

鎌倉・山の上の家の庭に
咲く普賢象。
撮影：海田悠

……花の雲が、北国の夜気に乗って、
来襲する。「狐に化かされているようだ」と
傍の円地文子さんが呟く。なるほど、
これはかなり正確な表現に違いない、
もし、こんな花を見る機は、
私にはもう二度とめぐって来ないのが、
先ず確実な事ならば。(花見)

撮影：清水洋志

弘前城の桜

種類✻シダレザクラ
見頃✻ゴールデン・ウィーク
所在✻青森県弘前市下白銀町1　弘前公園
交通✻JR奥羽本線「弘前」駅からバス
「藤代営業所前」行き20分「市役所前」下車
情報✻弘前市公園緑地課　TEL 0172-33-8739

撮影：野中昭夫

盛岡の石割り桜

種類✻エドヒガンザクラ
樹齢✻350～400年
見頃✻4月中旬
所在✻岩手県盛岡市内丸　盛岡地方裁判所構内
交通✻JR東北新幹線「盛岡」駅から徒歩20分
(路線バスもあり)
情報✻盛岡市役所商業観光課　TEL 019-651-4111

撮影：野中昭夫

三春瀧桜

種類✻エドヒガン系のベニシダレザクラ
樹齢✻1000年以上
見頃✻4月中旬
所在✻福島県田村郡三春町大字瀧字桜久保
交通✻JR磐越東線「三春」駅よりタクシー15分
情報✻三春町事業部門商工観光担当
TEL 0247-62-3960

角館・武家屋敷の桜

種類＊シダレザクラ
樹齢＊100～300年
見頃＊4月中旬～下旬
所在＊秋田県仙北郡角館町
交通＊JR田沢湖線「角館」駅下車、徒歩15分
情報＊角館町役場　TEL 0187-54-1111

撮影：野中昭夫

撮影：松藤庄平

長興山の枝垂桜

種類＊シダレザクラ
樹齢＊300年余
見頃＊3月下旬～4月初旬
所在＊神奈川県小田原市入生田470
長興山紹太寺境内
交通＊箱根登山鉄道「入生田」駅下車、徒歩10分
情報＊小田原市文化財保護課
TEL 0465-33-1717

撮影：野中昭夫

高遠城址・血染めの桜

種類＊タカトオコヒガンザクラ
樹齢＊10～100年
見頃＊4月中旬
所在＊長野県上伊那郡高遠町高遠城址公園
交通＊JR飯田線「伊那市」駅から
バス25分「高遠」下車、徒歩15分
情報＊高遠町観光協会　TEL 0265-94-2552

血染めと聞いてすざまじい名と思ったのも、
未だ花を見ぬ時の心だったようだ。
来て眺めれば、自然に、素直に生れて来た名とも
思える。人々は、戦の残酷を忘れたい希いを、
毎年の花に託し、桜の世話をして来たであろう。
桜は、黙って希いを聞き入れて来たと思える。（花見）

山高神代桜

種類＊エドヒガンザクラ
樹齢＊約2000年
見頃＊4月10日前後
所在＊山梨県北巨摩郡武川村大字山高
実相寺境内
交通＊JR中央本線「日野春」駅から
タクシーで5分
情報＊武川村役場産業課　TEL 0551-26-2111

撮影：野中昭夫

撮影：清水洋志

岐阜県根尾　薄墨桜

種類＊ヒガンザクラ
樹齢＊1400年余
見頃＊4月中旬
所在＊岐阜県本巣郡根尾村板所
交通＊JR東海道線「大垣」駅から樽見鉄道で
終点「樽見」下車、徒歩15分
情報＊根尾村役場総務課　TEL 0581-38-2511

撮影：野中昭夫

身延山久遠寺のシダレザクラ

種類＊ヤマザクラ
樹齢＊400年
見頃＊3月下旬
所在＊山梨県南巨摩郡身延町身延3567
交通＊JR身延線「身延」駅から
バス「身延山」行20分

山の上の家

門の階段
門前の階段はとても滑りやすく、家人もよく転んだことがあった。

扇ヶ谷、山の上、雪ノ下など、鎌倉でも何度か転居した小林だが、なかでも、この通称「山の上の家」にいちばん長く暮らした。県道から家までは、いまでこそ舗装されているが、当時は「山道」で、車が入らないのはもちろん、酔っぱらった日など、登って来るのも一苦労。しかし、居間からは芝生の庭越しに、折り重なる山襞の向うに海が望め、天気の良い日は大島まで見渡せる。この家の書斎から、数々の名作が生み出された。

撮影：野中昭夫

坂道

「山の上の家」に通じる急な坂道は、当時は凸凹の「山道」だった。

玄関に熊谷守一

玄関に書《ふくはうち をにはそと》を飾る。花器は李朝祭器。花は寒葵。

床の間

茶室床の間にルオーの《ピエロ》。花は半夏生と薄。

書棚

当時はぎっしりと本が詰まっていた書棚。今年、生誕100年を記念して第5次の全集が新潮社より刊行された。

居間に鉄斎

愛用のオーディオ・セット。額は鉄斎《扇面》。
花器は《信楽うずくまる》、花は水引、夏椿。

テラス
居間のテラスから望む相模湾。
天気がよければ大島が真正面に望まれる。

書斎

数々の名作を生み出した書斎。
絵は中川一政《朝顔》。
デスクの上に愛用していた
黒田辰秋の欅彫花文小箱と
〝お天気勾玉〟。
花器は白磁瓶、花は鉄線。

床の間のかぼちゃ
―父の食事

白洲明子《はるこ》
［小林秀雄長女］

小林秀雄と長女・明子。鎌倉雪ノ下の自宅にて。昭和26年頃

鍋奉行

美しいものを観たり、聴いたりするのが大好きだったように、父はおいしいものを食べるのも大好きでした。といっても、特に贅沢だったわけではなく、いわゆる「グルメ」といわれる人たちとは、まったく対極にあったようです。

台所に立つことはありませんでしたが、すき焼きだけは、火加減から自分で差配していました。基本的に家で食事するのが好きでしたが、毎日家で食べるものには、特別なものはありませんでした。しかし豆腐は鎌倉中で一番おいしいと思うものを食べ、納豆もおいしいと思うものを取り寄せていました。

トンカツやコロッケ、それに私の祖母の代から作ってて、今は私の孫にまで好評な、レストランでは絶対お目にかかれない、変ったロールキャベツ。こんなお惣菜が、日々の立派な酒の肴になっていました。

おかずの種類も、これは酒の肴、これは大人の食べるもの、こっちはお子様向き、なんて差別も区別もなく、頂きもののからすみを、父子で争って食べたりする一方で、おいしい玉子で作ったオムライスも大好物でした。

特別気取らなければならないお客様がなかったせいか、来客があろうとなかろうと、食事はいつも同じ場所で家族も一緒に、同じものを食べていました。当時はお客様のときは女子供は台所で、という家も多かった時代です。

父が育った家庭は割にハイカラだったようですが、食生活だけは封建時代をひきずっていたようです。家長であった祖父だけが別のお膳で、おかずの数も種類も違っていたのが、反面教師となっていたのでしょう。

扇ケ谷に住んでいた頃には、よく釣にも行ってました。釣が好きだったのか、それとも必要にせまられてだったのか、ともかく道具は一式持ってました。戦中戦後の食糧難の時代で、娘はガリガリに痩せてたし、何とかしなければと思っていたのかもしれません。でも「今日はお魚が食べられる」と期待して待っていても、手ぶらで帰ってくることの方が多かった。

庭の芝生を掘りかえして、母は野菜を作っていました。収穫した野菜と配給のさつま芋が主食。それに偶にありつく父の魚と、買出しで母の着物が化けた、僅かなお米、の当時の食生活は、よき時代の食べ物やお酒の味を知っている父にとっては悲惨なものだったでしょう。

努力してそうしていたのかも知れませんが、そんな時期に、食事中に愚痴や文句を聞いた覚えはありません。食卓の話題はもっぱら、母の野菜の出来映でした。話題が食卓の一番のおかずでした。幼ない子供と天下国家やイデオロギーを論ずる訳にはいかなかったからでしょうが、収穫した大きなかぼちゃを、床の間の埴輪の横に置いて「見事だなあ」と、さすったり眺めたりしている姿は、私にはかぼちゃとお話ししているように思えました。かぼちゃやさつま芋が大の苦手だった父は、床の間のかぼち

旅先からの便り

「こんな絵葉書しかない様な田舎の静かな町です。今日は、自動車で二時間ほどのところにゴッホの展覧会を見に行く。……廿八日まで方々の美術館を見てロンドンに立ちます。巴里と異い自動車が少くて夜は実に静かでよくねられます」

オランダ
デンハーグ
より

ゃに「どうしておまえはこんなに見事な姿をしてるのに中味はちがうんだ」と、問いかけていたのかもしれません。

こうした無言の仕草で「不愉快な話題は食事中は無し」が後々も守られていたのでしょう。そして床の間は高価なものを飾る場所ではなく、父の好きなものを置いて眺め、触り、対話をする場所なんだと認識しました。

欧州〝味〟便り

世の中が少し落ち付きかけた昭和二十七年暮に初めてのヨーロッパ旅行に今（日出海）さんと二人で出掛けました。次の仕事の構想があってのことだったのでしょうが、「半年間締切りから解放されるんだ」という喜びや安堵感が全身に溢れていました。半年も日本食なしの生活を心配して、いろいろな方が梅干しや何やら持たせて下さいましたが、そんな心配は無用でした。こんな手紙をもらいました。

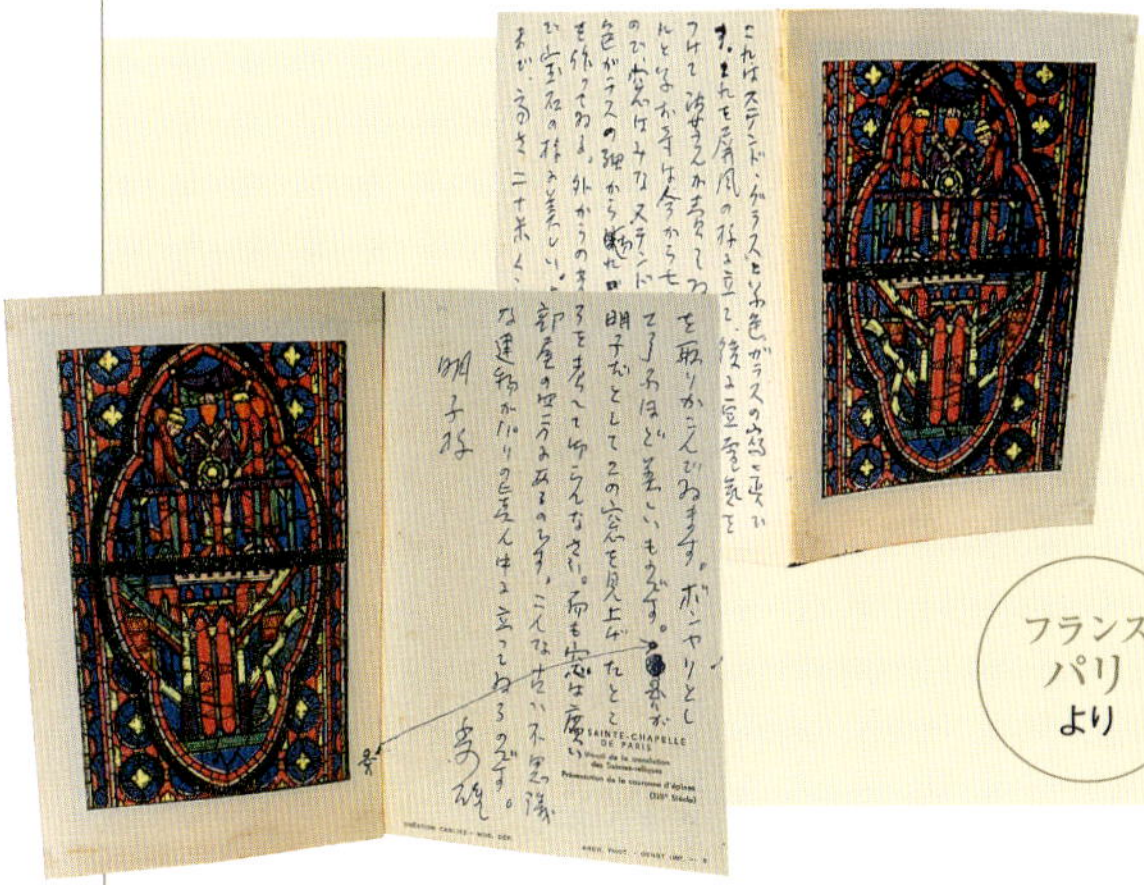

フランス パリ より

「これはステンド・グラスという色ガラスの写真です。これを屛風の様に立て、後に豆電気をつけてて婆さんが売っています。このサント・シャペルというお寺は、今から七百年も前に立ったもので、窓はみなステンド・グラスで出来ている。色ガラスの細かな切れを組合せて絵模様を作っている。外からの光線が透けて、まるで宝石の様に美しい。お寺の四方、天井まで、高さ二十米くらいの高さで礼拝堂を取りかこんでいます。ボンヤリとして了うほど美しいものです。★（ここに小さな女児の姿の書き込み）が明子だとしてこの窓を見上げたところを考えて御らんなさい。而も窓は広い部屋の四方にあるのです。こんな古い不思議な建物がパリの真ん中に立っているのです」

近頃は、巴里にもアメリカ風の料理屋が出来て、と言ってもわかるまいが、巴里風の料理屋はナプキンをかけてスープから始めてコーヒーまで長い時間かかって食ふのです。ボーイにはチップが要るし、便所に行ってもチップをとられる。安直な一品料理ですましたい時はアメリカ風の料理屋に行く。数日前ホテルの近所にさういふ家が一軒開業した。今日はそこでお茶をのんでゐると、往来を通る人が皆大きなガラス張りの窓の外からのぞいてゐる。表には、巴里はどこでもさうで料理の値段表が張り出してあるが、皆その値段を見ては、中をのぞきこんでならべた料理や菓子などをじろ〳〵見てゐる。これは子供ではありませんよ。立派な夫婦づれなどが、何やら盛んに議論しては中をのぞいてゐる。こちらの人は外で食事する事が多いので料理屋の選択は大問題なのである。こちらでは食事の後は必ずチーズか菓子を食ふ。チーズは五十種類位あるさうで、普通のところでも五種類ぐらい出して来る。皆実においQ

しい。菓子もうまい。こんなに毎日菓子を食ふのは初めてです。

秀雄

今さんから伺ったのですが、二人はパリでは毎晩同じバーで、同じポルト酒を飲んでいたそうです。ある日父が「今日のはいつものと違う」と言ったら、ソムリエが「そんな事は絶対ない」と口論になりました。結局父の舌が正しかったそうです。何年か後、今さんが一人でバーに立ちよると「おまえの友達の通人はどうしている?」と、ちゃんとその時のことを覚えていたそうです。

今さんと二人、パリを拠点にヨーロッパ各地を旅行しましたが、料理屋選びには、ミシュランという強い味方があったので、惨めな思いはしなかったと感心して話してました。ガイドブックには、レストランの格付けが星の数で記されています。星の数を決める人は、ごく普通の客として現れ、料理を注文し、自分の舌で判断し支払をして帰ります。接客態度や値段も含めて星の

ひいきの店

注文を聞いてから鰻を割く
うな平

辻堂の海岸線からちょっと入ったところ、閑静な住宅街にある鰻屋。注文を受けてから鰻を割いて、炭火でじっくり焼いてくれる。ご飯も注文を受けてから炊くという徹底ぶり。小林はお昼時に、バスに乗ってきて、一人でふらっと現れては、鰻が焼きあがる30〜40分を待つ間、白焼きをさかなにお酒を飲んで過ごし、うな重を食べて帰った。お店に来てもほかのお客さんと見分けが付かないくらい、さりげなく振る舞っていたという。

数を決めます。レストラン側は、いつどんな人がやって来たかはまったく知りません。だから信用出来るんだと言ってました。その頃はまだ日本は車社会になっていなかったので、こんな事をタイヤ屋がやってるなんてのも、父にとってはカルチャーショックだったのでしょう。

料理のプロと文章のプロ

帰国してから、鎌倉にもあちこちに食べもの屋が出来てきました。新しく出来た店を積極的にトライしていらっしゃった里見（弴）さんにすすめられたサンドイッチ屋さんなどに、孫娘とよく行ってました。

食べものの種類に偏見はありませんが、特に好きだったのは、寿司、天ぷら、蕎麦、うなぎ。

寿司の中では、しんこが大好きで、毎年季節になるのをとても楽しみにしてました。亡くなってからも、行きつけの鎌倉の

お寿司屋さんが毎年最初のしんこを、お供えして下さいと届けて下さってました。

天ぷらは先代から「ひろみ」が好きでした。お店に行けない時には、よく天丼を取りに行って家で食べてました。「天丼は出来たてを食うより、ここまで持ってくる間にたれが飯に染み込んでうまくなるんだ」なんて負け惜みを言ってました。

うなぎは辻堂のうな平に、一人でバスに乗って行ってました。蕎麦は室町の砂場と、近くでは葉山の一色。どこの主人も無口で、自分の仕事に誇りを持った職人さんです。「どこそこはうまい」、「あそこはだめ」、「近頃いけなくなった」の情報は素早く仲間うちで交換されていましたが、自分で実際に行ってもみないで公表しそうなお喋りな人には、用心してました。気に入れば黙って通い、駄目になれば、ふっと行かなくなるだけでした。

昭和五十年頃でしたか、今のグルメブームの走りみたいなことで、ある文士の方が、いろんなお店を週刊誌で紹介しはじめました。父が気に入っていたフランス料理のお

誰が呼んだか「小林丼」

ひろみ

今は場所は変っているが、当時は鎌倉の小町通りからちょっと入ったところに店があって、お昼に立ち寄ったり、夜、ゴルフ帰りや文壇仲間との会合、また編集者との打合せにもよく使っていた。お昼の天丼には海老ではなく、かき揚げと穴子、メゴチが載っているのを好んだ。この天丼がいつしか「小林丼」と呼ばれるようになって、今日に到っている。先代の店主は職人気質で、たとえ小林が店に来ても、開店時間前には決して中に入れなかったし、ほとんど話すこともなく、黙々と天ぷらを揚げていたという。

鎌倉文士が集った蕎麦屋

如雪庵一色

葉山の蕎麦屋。一人でくるときは、ほとんど目立たず、店員が小林と気づかずに席の移動を頼んでも「ハイヨっ」と気軽に応じていた。里見弴、堀口大学ら鎌倉文士の仲間とよく通ったが、酒が入るとほとんど小林の独壇場で、まわりを論破していたという。ある時、熱心に討論するあまり、せっかく出した蕎麦が伸びてしまうのを心配して、女将さんが声をかけたら、「蕎麦は面を見ればわかる」といって一蹴した。以来、主人は「面の立った蕎麦」を心がけるようになったという。

店がありました。その店で家族で食事をしているところに、その方が現れました。店の人の下にも置かぬもてなしがはじまりました。すると父は、みるみる機嫌が悪くなり、黙りこくってしまいました。同席していた、当時小学生だった孫たちも、この光景を今でもはっきり覚えています。それっきりその店には行かなくなりました。

お名前ははっきり思い出せませんが、ある文士の方の、千葉の漁村で、とれたての太刀魚をソテーにして食べる話を読んだ父は、そのいかにもおいしそうな文章にすっかり魅了され、早速魚屋で太刀魚を買って試してました。そして「鮮度がなあ」と言いながらも、「あんなにうまそうに書くんだもの」と、その文士の仕事にシャッポを脱いでました。

料理人は料理のプロ。文士は文章のプロであり料理屋を批評する舌力も、お金も暇もない事。ミシュランの星の数をきめる人たちもプロ。この区別をはっきりと、父は自覚して、守っていたかったのです。

小林秀雄　美の年譜

明治三五年（一九〇二）
四月……東京・神田猿楽町に生れる。

大正一〇年（一九二一）❖一九歳
四月……第一高等学校に入学。

大正一三年（一九二四）❖二二歳
この年、青山二郎と識る。

大正一四年（一九二五）❖二三歳
三月……第一高等学校卒業。
四月……東京帝国大学文学部仏蘭西文学科に入学。

昭和三年（一九二八）❖二六歳
三月……東大仏蘭西文学科を卒業。

昭和四年（一九二九）❖二七歳
九月……雑誌『改造』の懸賞評論に応じた「様々なる意匠」が二席に入選、同誌に掲載されて文壇にデビューする。

昭和八年（一九三三）❖三一歳
一〇月…「二科展を見る」を『文学界』創刊号に発表。

昭和九年（一九三四）❖三二歳
五月……森喜代美と結婚。

昭和一三年（一九三八）❖三六歳
この年、東京・日本橋の「壺中居」で、初めて骨董、蔥坊主を描いた李朝の徳利を買う（これを昭和一五年、ないし一六年のこととする記録もある）。

昭和一五年（一九四〇）❖三八歳
二月……「清君の貼紙絵」を『文藝春秋』に発表。

昭和二〇年（一九四五）❖四三歳
一月……「梅原龍三郎」を書く。

昭和二一年（一九四六）❖四四歳
一二月…青山二郎、石原龍一と雑誌『創元』を編集、同誌第一輯に「モオツァルト」を発表。

昭和二二年（一九四七）❖四五歳
三月……「ゴッホの手紙」執筆のきっかけとなった「泰西名画展」が東京都美術館で開催される（一〇日から二五日まで）。
一〇月…「光悦と宗達」を『国華百粋』第四号に発表。
一二月…「梅原龍三郎」を『文体』に発表。

昭和二三年（一九四八）❖四六歳
四月……「鉄斎Ⅰ」を『時事新報』に発表。
六月……鎌倉市雪ノ下三九番地（所謂〈山の上の家〉）に移転する。
九月……「骨董」を『夕刊新大阪』に発表。
一二月…「ゴッホの手紙」第一回を『文体』に発表。
この年の秋、兵庫県宝塚の清荒神で四日間、富岡鉄斎の作品二五〇余点を見る。さらに帰途、京都の富岡家でも二日間見る。

昭和二四年（一九四九）❖四七歳
一月……『新文学』で三好達治、富岡益太郎と鼎談「鉄斎を語る」。
三月……「鉄斎Ⅱ」を『文学界』に発表。
九月……「美の問題」（「私の人生観」の一部）を『新潮』に発表。
この年の秋、山口へ旅行し、雪舟「山水長巻」を見る。

昭和二五年（一九五〇）❖四八歳
三月……「雪舟」を『芸術新潮』に発表。
四月……『芸術新潮』で青山二郎と対談「『形』を見る眼」。
一〇月…『群像』で井伏鱒二、硲伊之助と鼎談「放談八題」。
一一月…「偶像崇拝」を『新潮』に発表。

昭和二六年（一九五一）❖四九歳
一月……「ゴッホの手紙」を『芸術新潮』で再開。「真贋」を『中央公論』に発表。
三月……「ピカソの陶器」を『朝日新聞』に発表。
四月……「マチス展を見る」を『読売新聞』に発表。「真贋」（新潮社）を刊行。
七月……「芸術家」を新潮社から刊行。
一一月…神奈川県立近代美術館が、日本で最初の近代美術館として開館、第一回展「セザンヌ・ルノアール展」が開かれる。

昭和二七年（一九五二）❖五〇歳
一月……「セザンヌの自画像」を『中央公論』に発表。
二月……「ゴッホの手紙」の連載を終る。
六月……「埴輪」を「日本の彫刻Ⅰ　上古時代」（美術出版社）に発表。「ゴッホの手紙―書簡による伝記」（新潮社）を刊行。
一二月…二五日、今日出海とヨーロッパ旅行に出発する。

昭和二八年（一九五三）❖五一歳
一月……「ゴッホの手紙」により第四回読売文学賞を受賞。
三月……「エヂプトにて」を『朝日新聞』に発表。
七月……四日、アメリカを経由して帰国。経路は羽田―パリ―エジプト―ギリシア―イタリア―パリ―スイス―スペイン―パリ―オランダ―イギリス―アメリカであった。
一〇月…日本文化放送で「近代絵画」の一部を講演。
一二月…「ギリシア・エヂプト写真紀行」を『芸術新潮』に発表。

昭和二九年（一九五四）❖五二歳
三月……「近代絵画」を『新潮』に連載。

昭和三〇年（一九五五）❖五三歳
一月……「鉄斎Ⅲ」を『現代日本美術全集』（角川書店）第一巻に発表。「ピラミッドⅠ」を『朝日新聞』に発表。
三月……「ゴッホの墓」を『朝日新聞』に発表。
四月……『芸術新潮』で河上徹太郎と対談「美の行脚」。
一一月…「ギリシアの印象」を『中央公論』に発表。「鉄斎の扇面」を『文芸』増刊号に発表、同誌で梅原龍三郎と対談「美術を語る」。

昭和三一年（一九五六）❖五四歳
三月……「ほんもの・にせもの展」を『読売新聞』に発表。

昭和三二年（一九五七）❖五五歳
二月……「美を求めて」（新潮社）を編纂、同書に「美を求める心」を発表。「鉄斎」（筑摩書房）を梅原龍三郎、武者小路実篤、中川一政と共編、同書に「鉄斎Ⅳ」を発表。『BOOKS』八二号で武者小路実篤、中川一政と座談会「鉄斎を語る」。

昭和三三年（一九五八）❖五六歳
二月……「近代絵画」の連載を終る。
四月……「近代絵画」（人文書院）を刊行。
六月……「私の空想美術館」を『文藝春秋』に連載。
八月……「写真」を『アサヒカメラ』に発表。「マルロオの『美術館』」を『芸術新潮』に発表。

一一月…「ゴッホの病気」を『芸術新潮』に発表。「ゴッホ」（人文書院）を刊行。

一二月…「近代絵画」により第六回野間文芸賞を受賞、同書普及版（新潮社）を刊行。

昭和三四年（一九五九）❖五七歳

一〇月…「漫画」（「考えるヒント」の一篇）を『文藝春秋』に発表。

昭和三五年（一九六〇）❖五八歳

五月……「梅原龍三郎展をみて」を『読売新聞』に発表。

昭和三六年（一九六一）❖五九歳

一月……「古鐔」を『朝日新聞』に発表。

一二月…「ピラミッドⅡ」を「世界美術大系」（講談社）第二巻に発表（この年の六月から同体系の監修に参加）。

昭和三七年（一九六二）❖六〇歳

四月……「徳利と盃」を『芸術新潮』に発表。「ゴッホの絵」を「世界美術大系」（講談社）第一九巻に発表。信州高遠へ血染の桜の花見に赴く。

五月……「壺」を『芸術新潮』に発表。

六月……「鐔」を『芸術新潮』に発表。

昭和三八年（一九六三）❖六一歳

一月……「高麗剣」を『芸術新潮』に発表。

三月……「染付皿」を『芸術新潮』に発表。

四月……「さくら」を『朝日新聞』に発表。

一〇月…「ファン・ゴッホ書簡全集」（みすず書房）の監修に参加。

一一月…文化功労者として顕彰される。「ネヴァ河」を『朝日新聞』に発表（この年六月下旬からソビエト連邦作家同盟の招きでソビエト、欧州を旅行、一〇月に帰国）。

昭和三九年（一九六四）❖六二歳

四月……文藝春秋の文化講演会で弘前へ赴き城址の桜に会う。

七月……「花見」を『新潮』に発表。

八月……「硯と盃」、この月に執筆か（発表紙誌未詳）。

一〇月…『芸術新潮』臨時増刊号の特集「日本美術百選」を矢代幸雄らと共編、同誌で同題の座談会を行う。

昭和四〇年（一九六五）❖六三歳

三月……「信楽大壺」を「信楽大壺」（東京中日新聞出版局）に発表。

四月……岐阜県根尾に淡墨桜の花見に赴く。

五月……「人類の美術」（新潮社）の監修に参加。

六月……『新潮』で「本居宣長」の連載を始める。

この年、「世界の美術館」（講談社）刊行に参画。またこの頃から勾玉に凝る。

昭和四一年（一九六六）❖六四歳

一一月…「吉野さんの書」を吉野秀雄歌書展栞に発表。

一二月…「鉄斎扇面」（筑摩書房）を中川一政と監修、同書に「『鉄斎扇面』跋」を書く。「芸術随想」（新潮社）を刊行。

昭和四二年（一九六七）❖六五歳

一一月…文化勲章を受章。

昭和四四年（一九六九）❖六七歳

三月……小田原・入生田の山中に枝垂桜の古木を訪ねる。以後、何度も花見に赴く。

昭和四五年（一九七〇）❖六八歳

一二月…「文学・芸術論集」（白凰社）を刊行。

昭和四六年（一九七一）❖六九歳

二月……「富永太郎の絵」を富永太郎展パンフレット「富永太郎の絵」に発表。

四月……福島県三春へ滝桜の花見に赴く。「地主さんの絵Ⅰ」を第三回日本芸術大賞選評として『芸術新潮』に発表。

昭和四七年（一九七二）❖七〇歳

四月……福島県三春へ滝桜の花見に赴く。「『黒田辰秋 人と作品』序」を「黒田辰秋 人と作品」（駸々堂出版）に発表。

昭和四八年（一九七三）❖七一歳

一一月…九州・大分の由布院温泉を初めて訪ねる。以後、毎年春秋に訪ねる。

昭和五〇年（一九七五）❖七三歳

四月……福島県三春へ滝桜の花見に赴く。

六月……「新修日本絵巻物全集」（角川書店）の監修に参加。

八月……「地主さんの絵Ⅱ」を『一枚の絵』に発表。

一〇月…「中川さんの駒ケ嶽」を「中川一政展目録」に発表。

昭和五一年（一九七六）❖七四歳

一月……鎌倉市雪ノ下一―一二―二〇に移転する。庭に自ら選んだ桜の若木を植える。

昭和五二年（一九七七）❖七五歳

三月……「備前徳利」を「日本のやきもの」（読売新聞社）第二集に発表。

五月……「『土牛素描』」を「奥村土牛素描展目録」に発表。

八月……鎌倉・東慶寺に小林家累代の墓所を定め、鎌倉時代初期のものと推定される五輪塔を墓石とする。この五輪塔は戦後まもなく京都の「柳」で見出し、自宅の庭に据えていた。

一二月…「入江さんの大和路」を入江泰吉「仏像大和路」（保育社）の序文として発表。

昭和五四年（一九七九）❖七七歳

三月……「ルオーの版画」を「ルオー全版画」（岩波書店）内容見本に発表。

四月……岩手県盛岡に石割桜を訪ねる、花時に会えずに帰る。

五月……「ルオーの事」を「ルオー展目録」に発表、『芸術新潮』六月号に再掲。

昭和五五年（一九八〇）❖七八歳

四月……岩手県盛岡に石割桜を訪ねる、見頃に行き会う。

六月……「梅原龍三郎展」を同展目録に発表。

昭和五六年（一九八一）❖七九歳

四月……山梨県の清春芸術村開村式に出席、武川村の山高神代桜を見る。

昭和五七年（一九八二）❖八〇歳

三月……入院。

四月……八〇歳の誕生日に外泊許可を得て帰宅、自ら植えた枝垂桜を見る。最後の花見となる。

九月……退院。一二月末から自宅でセザンヌの「森」を見続ける。

昭和五八年（一九八三）

三月……一日、永眠。法号、華厳院評林文秀居士。

【編集協力】
石鍋裕、瀬津勲、藤江淳子、吉井長三、吉井仁実
白洲明子

【ブック・デザイン】
大野リサ・川島弘世

◆

◆

本書の引用文は、第５次「小林秀雄全集」（2001～2002年、新潮社刊）を元に、
新字、新かなづかいにあらためたものです。

◆

本書収録の写真で撮影者があきらかでなく、連絡のとれないものがありました。
御存知の方はお知らせ下さい。

とんぼの本

小林秀雄《こばやしひでお》　美《び》と出会《であ》う旅《たび》

発行　2002年10月15日
11刷　2025年４月15日

編者　白洲信哉《しらすしんや》
発行者　佐藤隆信
発行所　株式会社新潮社
住所　〒162-8711　東京都新宿区矢来町71
電話　編集部　03-3266-5381
読者係　03-3266-5111
https://www.shinchosha.co.jp
印刷所　錦明印刷株式会社
製本所　加藤製本株式会社
カバー印刷所　錦明印刷株式会社

乱丁・落丁本は、ご面倒ですが小社読者係宛お送り下さい。
送料小社負担にてお取替えいたします。
価格はカバーに表示してあります。

ISBN978-4-10-602096-4　C0395